A MILD NOBLE'S
VACATION SUGGESTION

優雅貴族的休假指南。

14

著 岬　圖 さんど
譯 簡捷

◆ Contents ◆

A MILD NOBLE'S VACATION SUGGESTION

A MILD NOBLE'S
VACATION SUGGESTION

CHARACTERS

人物介紹

利瑟爾

本來是為某國王效命的貴族，不知為何掉到了與原本世界十分相似的另一個世界，正在全力享受假期。嘗試當上了冒險者，不過常常有人不敢置信地多看他一眼。

劫爾

傳聞中的最強冒險者，可能真的是最強。興趣是攻略迷宮。

伊雷文

原本是足以威脅國家的盜賊團的首領。蛇族獸人。別看他這樣，親近利瑟爾之後作風已經比先前收斂許多了。

賈吉

商人，擁有自己的店舖，擅長鑑定。看起來很懦弱，其實與人交涉時頗有魄力。

史塔德

冒險者公會的職員，面無表情就是他的一號表情。人稱「絕對零度」。

雷伊

負責統領憲兵的王都貴族，位階為子爵。性格明朗的中年美男。

貓雙子

經營著地下古董店，偶爾看心情到娼館工作的雙胞胎獸人。傾國系美女。

長槍手的隊伍

由曾經與利瑟爾打架的長槍手帶領，能夠發揮出安定實力的四人隊伍。

釣魚，是利瑟爾在阿斯塔尼亞生活期間學會的技能之一。

先不論技術好不好，總之他學會了釣魚。雖然弄掉了食籽蟲、把蟲餌揮來揮去，釣到的也只是毒魚，總而言之還是獲得了釣魚的經驗。

利瑟爾對此深深感謝某旅店主人。畢竟實際嘗試之後，釣魚真的很有意思，悠哉地垂著釣鉤、閒聊瑣事的感覺很好，魚兒上鉤時傳到手中的感觸也很有趣。這和潛入迷宮、射殺魔物的體驗完全不同，彷彿度過了與自然對話的一段奢侈的時間。

「我想接那一個。」

「（果然是那個。）」

「（選了那個啊……）」

也難怪看見利瑟爾堅定地指向那個委託，劫爾他們會一臉毫不意外地點頭。

他們見過利瑟爾開心握著釣竿的模樣，也知道他其實認真向酒館同桌的作業員們請教過釣魚訣竅，在旅店主人神采飛揚地講解釣魚知識的時候也佩服得頻頻點頭。所以，其實劫爾他們比利瑟爾更早就發現了那個委託，一邊旁觀一邊猜測他選的多半就是它了。

【夢幻釣點？】

階級：D～

委託人：釣魚名人

報酬：二十枚銀幣

委託內容：聽說迷宮「無垠浮島」裡面居然存在釣點。

我需要地圖、前進路線、魔物情報等資訊，越詳細越好，拜託了。

「感覺委託人肯定會自己跑去欸。」伊雷文說。

「出發前做足準備，看得出他沒在開玩笑。」劫爾說。

哪天應該會在這個委託告示板上，看見護送委託人前往釣點的護衛委託吧。

在盯著委託單看的劫爾和伊雷文面前，利瑟爾事不宜遲地撕下了那張單子。既然兩人沒有提出反對意見，他心情很好地往受理窗口走去。

「隊長他也會在那邊釣魚嗎？」

「誰知道。」

劫爾他們也跟了上去，一人興味盎然地笑著，另一人則無奈地這麼說。

迷宮「無垠浮島」正如其名，攻略過程中必須越過無數的浮島。

眼前是一望無盡的湖泊，風平浪靜，平穩的水面映照著美麗的青空。散布在湖面上的浮島覆滿自然綠意，島嶼間以梯子狀的步道互相連接。浮島大小各不相同，不可思議的是他們三人站上去的時候都不會沉沒，不過會稍微搖晃一下，還不習慣的時候有點嚇人。就是一座這樣的迷宮。

「要說釣點嘛，感覺這整座迷宮都是釣點沒錯啦……」

伊雷文在其中一座浮島的邊緣蹲下，打量著水面這麼說。

水質清澈，能清楚看見沉在水底的漂流木和色澤鮮艷的苔蘚。他伸出指尖嘩啦啦地撥動水面，水溫清涼，萬一掉下去肯定會感冒。

「這麼說來，沒在這裡看見過普通的魚呢。」利瑟爾說。

「沒有魚要怎麼釣魚嘛。」

伊雷文甩掉指尖的水珠，站起身來這麼說。

利瑟爾也跟著審視水面。要是這裡沒有魚，那垂下釣鉤也沒有意義了。既然說有釣點，那就代表迷宮內某處有著釣得到魚的地方吧。

「傳聞本身我好像是有聽過啦。」

「是啊。」

劫爾同意道，也跟著看向水面。由於三人集中在同一側，浮島微微傾向一邊，不過在迷宮的法則之下它不可能翻覆，因此利瑟爾並不覺得危險，只是偏著頭問：

「傳聞？」

「只聽說有人看到非常適合釣魚的地方。」

「也不知道是在哪一座迷宮。」伊雷文說。

委託人想必也聽說了這個傳聞。

既然是冒險者圈內流傳的消息，那麼目擊者應該不止一人。沒聽說真的在迷宮裡釣到魚的傳聞，卻能斷言那裡非常適合釣魚，表示很可能從外觀一看就知道那是釣點。雖然一般人根本不會在迷宮裡直接釣起魚來，不過沒有這種觀念的利瑟爾還是了然點頭。

「看來要找到釣點不會太困難。」

「不過在曚對地方之前還是得一直往前走。」

「是這麼說沒錯。」

一邊閒聊，利瑟爾他們也沒有停下腳步。

現在他們形成一列，走在梯子般的步道上。到了深層有可能在步道上遭遇襲擊，不過這裡還只是第一層，迷宮不會那麼惡劣。三人先前也為了委託造訪過這座迷宮，因此熟門熟路地往前進。

「都沒有線索喔——」

「劫爾有什麼想法嗎？」

他們三人當中，從頭開始攻略這座迷宮的只有劫爾，利瑟爾和伊雷文毫不客氣地使用他點亮後的魔法陣傳送，利瑟爾於是詢問唯一到過所有階層的劫爾的意見。

「釣點啊……」

劫爾喃喃說著，從步道末端踏上下一座浮島。

浮島承受三人的重量微微搖晃，在平穩的水面上激起一點漣漪。映照天空的碧藍水面輕輕晃蕩，看起來彷彿有人把蘸著青色顏料的畫筆沉進湖裡一樣。

「魚。」

「嗯？」

「啥？」

劫爾望著水面，想起什麼似的喃喃說。利瑟爾和伊雷文看向他。

原本單方向往遠處擴散的漣漪忽然傳了回來，與近處的波紋相交。一個方向、兩個方向，波紋逐漸增加，劫爾握住劍柄，若有所思地皺起那張兇神惡煞的臉。

「好像在這看到過魚。」

「嗄？在哪？」

「誰記得啊。」

「拜託你努力回想一下。」利瑟爾說。

眼見利瑟爾滿懷期待地看過來，劫爾把眉間皺得更深，在記憶中搜尋。

從浮島傳出的漣漪已經消失在遠方，朝這裡傳來的波紋間隔卻逐漸縮短。那是無法讓浮島產生搖晃的細小波浪，朝波浪傳來的方向看去，能看見幾道影子正朝這裡接近。

「……中層。」

「太模糊啦！」

「想得起來就不錯了。」

劫爾對於伊雷文的抱怨嗤之以鼻，逕自拔出大劍。伊雷文跟著拔出武器，利瑟爾也把持續飄浮在身邊的魔銃轉向逐漸接近的影子。

「那我們就回頭使用魔法陣吧。」

「好喲，出發前先把這些傢伙解決對吧？」

三隻巨大的水蜘蛛滑過水面，朝他們逼近。

蜘蛛的高度大約到利瑟爾他們的腰部左右，六隻硬質的腳反射著光澤，黑珍珠般的眼睛散發出鈍重的光芒，無法分辨牠們的視線方向。牠們挪動著腿朝浮島接近，速度逐漸減緩，在即將靠岸、劍還砍不到的距離之外，其中一隻就突然伸長觸角往上一揮。

「又從這種打不到的地方攻擊，真的是喔……」

鞭子般甩動的觸角打上浮島，削下土地，伊雷文避開這一擊，從腰包取出小刀一擲，不偏不倚射中水蜘蛛的眼睛。

「啊，牠好像要翻過去了。」利瑟爾說。

「呃。」

「啊，糟糕。」

「咦？」

水蜘蛛胡亂揮動負傷那一側的長腿，身體大幅傾斜，劫爾和伊雷文看到這一幕都發出嫌惡的聲音，只有利瑟爾一個人不知道這意味著什麼，看著另外兩人問他們怎麼了。這時魔物的身體翻了過去，剩下兩隻水蜘蛛也朝著浮島逼近。至於水面上那隻翻肚的水蜘蛛——

「嗚哇——牠果然開始亂動了啦！」

「喂，你給我負起責任。」

「又不是我的錯！」

「水……」

牠躺在水面上，開始猛烈掙扎，場面一片混亂。牠踢飛了身邊的一隻同族，又從上方打扁了另一隻，或許是想翻身的關係，牠左右亂跳，把水噴得到處都是。

利瑟爾擦掉臉頰上的飛沫，佩服地看著這一幕，這時劫爾忽然拉住他的手臂，讓他往後退。水蜘蛛開始在浮島上彈跳掙扎，牠太狂亂了，根本無從下手。

「…………還是不要管牠了。」

「就這麼辦吧。」

「反正也無法靠近。」

伊雷文退到通往隔壁浮島的步道上，抽搐著臉頰這麼提議，利瑟爾也表示贊同。

三人就這麼丟下肚皮朝天的水蜘蛛，沿著來時的路往回走。萬一在狹窄的步道上被牠突擊就糟糕了，利瑟爾他們於是迅速離開。在他們身後，終於成功翻身的魔物就像什麼事也沒發生似的，不知消失到哪去了。

中層的湖水呈現夕陽般的赤紅色，是水草攀附在岩石上的顏色。

漸層的色彩在水中搖曳，美得令人著迷，在赤紅色中斷處偶爾會露出鮮艷的青色，強烈的色彩對比教人移不開目光。一行人走在狹窄而單薄的步道上，宛如在水面上步行一樣，魚群從他們腳邊通過，銀色鱗片在水面下閃動。

「終於找到啦。」

「真的只有這一層才有魚呢。」

他們一直低頭看著水面，漫無目的地在中層探索，來到這裡已經是第四層了。終於看見魔物以外的魚類，利瑟爾他們僵硬的脖子好像也輕鬆了一點。

「接下來怎麼辦？」劫爾問。

「總之先繞一圈吧。」利瑟爾說。

「希望釣點一看就認得出來。」

利瑟爾他們踏上茂密的草地，走上其中一座浮島。

眼前的景色和其他階層大同小異，以碧藍的天空為背景，浮島散布在水面上，遠處是一望無際的水平線。水元素精靈在遠方嘩啦啦地躍動，看起來就像水滴違背重力，向著天空滴落一樣。

從這座浮島延伸出去的步道有三條，一條是他們來時的路，因此接下來有兩條路可以選擇。

「是那邊嗎？」

「好像是哦。」

魚群穿過浮島下方，往其中一條步道的方向游去。

「湖釣喔……」

「和海釣有什麼不同嗎？」

「基本上應該差不多吧？我是沒有釣過啦。」

伊雷文說著，輕巧地踏上步道往前走。

利瑟爾和劫爾也跟了上去。在中層，即使站在狹窄的步道上也有可能遭遇魔物襲擊，必須小心通行。不過再怎麼小心，該掉下去的時候還是會掉下去就是了，魔物仗著數量發動猛攻的時候也沒辦法。

「伊雷文小時候是不是常常釣魚呀？」

「對啊，肚子餓的時候很適合墊胃嘛。」

那是住在森林中的老家時的事情吧，那麼伊雷文所說的應該是溪釣。他的父親是知名獵人，一定不缺釣魚老師。雖然說到捕獵技術，他老爸光用陷阱就能捕捉到包括大型魔物在內的各種獵物，伊雷文常說「一回神他就抓到東西了，我也搞不太懂」。

「那時候隨手折根樹枝，把帶在身上的釣鉤和魚線綁上去，隨便找條蟲什麼的當釣餌，釣到魚就拿小刀處理一下，隨便生個火烤來吃。」

「下次也教教我吧。」

「放過我吧。」

利瑟爾小小的憧憬，立刻被伊雷文掐斷了。

「那大哥咧？」

「啊？」

「你家鄉有湖嗎？」

一段距離外的水面上傳來激烈的水聲。

看見那些東西逐漸逼近，伊雷文邊問邊加快腳步。三人一跑下步道，步道旁邊的水面就掀起波浪，有什麼東西一下子跳了出來，是一群身體彷彿以石塊構成的魔物魚。牠們越過步道上方，又潛入水中不見蹤影。

「稍微跑遠一點是有。」

三人不以為意地前進，繼續閒聊。

「在那裡釣過魚嗎？」利瑟爾問。

「沒有，只游過泳。」

在劫爾孩提時代的回憶當中，說起湖泊就只有在岸邊脫下上衣，和朋友們一起跳進湖裡盡情玩水而已。往岸邊隨處一躺就能把濕淋淋的身體曬乾，偶爾找到沉在水底的魔石還能賣掉換點零用錢，是很健康陽光的孩提時代。

以前的劫爾居然是如此健全又平凡的小孩，利瑟爾他們忍不住覺得「好像哪裡怪怪的」。尤其伊雷文不久前才剛見過一點也不可愛的劫爾（青春期），他露骨地對劫爾投以不敢置信的目光，劫爾裝作沒看到。

「釣魚都是在附近的河裡釣。」

「那麼，我們三人都是第一次在湖泊釣魚了。」

利瑟爾低頭看著水面，一邊確認魚群的游向，一邊愉快地說道。果然要釣魚嗎？劫爾他們無言看著他，沒想到會有在迷宮裡釣魚的一天。呃，雖然他們今天跑這一趟，確實是為了替想在迷宮釣魚的委託人探路。世界上怪人還真多——兩人把自己的隊長也包括在內，下了這個結論。

沐浴在這樣的視線當中，利瑟爾一邊喃喃說著「是那邊嗎」，一邊穿過寬闊的浮島。在魚群的引導之下，三人走向目的地所在的那座島嶼。

三人眼前有支釣竿。

他們終於循著魚群游向抵達一座浮島，浮島中央有一根筆直插在岩石裡的釣竿。天上不知為何還有道光朝它照下來，周遭瀰漫 著閃亮亮的七色光輝。看這情境，若說只有天選之人才能拔起它也不意外……雖然它是支釣竿。

「交給我吧。」

誰也沒說話，利瑟爾卻自顧自地用力點個頭，往前一步。

劫爾和伊雷文無語地看著那道背影。他究竟哪裡來的自信，又覺得自己哪一點會被選上？身為三人當中最不適合拿釣竿的男人，到底是什麼要素驅使他挺身而出？雖然看見眼前這幅情景的時候兩人也心想「真的假的」，現在內心「真的假的」的心情又更加強烈了。

「外表看起來只是普通的釣竿呢。」

儘管加上了光芒四射的特效，釣竿仍然是釣竿。前端捲著魚線，關節處掛著釣鉤，利瑟爾留意不碰到它們，伸出雙手牢牢握住釣竿中段。他使勁把釣竿往自己的方向拉，又左拉右扯了一陣，最後使盡全力往正上方拔。

「拔不出來呢。」

「我想也是。」

「隊長剛才還那麼自信滿滿的說。」

「我以為可以成功的……」

剛才表現得那麼有自信，利瑟爾卻很乾脆地放棄挑戰，回到兩人身邊。所以說你為什麼以為會成功？劫爾他們在內心吐槽，不過沒說出口。

「所以這是怎樣，不能靠蠻力拔的意思喔？」

「它牢牢卡在裡面了。」利瑟爾說。

三人湊過去仔細打量釣竿根部，完全看不出和岩石之間的縫隙。伊雷文試著把小刀插進交界處，但不愧是迷宮，岩石毫髮無傷。

「那就沒辦法了。」

利瑟爾蹲在地上，點了個頭這麼說著，伸出指尖輕輕敲了敲釣竿根部。

「雖然握柄會稍微變短一些，不過就直接把它砍下來吧。」

「你為什麼老是這樣啊。」

「超沒情調的啦——」

伊雷文笑著把小刀的刀鋒朝向釣竿，瞄準根部打橫一砍。他的利刃與刀法足以輕而易舉砍斷樹枝，這一斬卻只發出尖銳的聲音，被釣竿表面彈開了。無論再怎麼用力，甚至像鋸子那樣左右切割，都無法傷害釣竿分毫。

「這應該是砍不斷欸。」

「作弊果然不可取呢。」

利瑟爾搖晃著釣竿，惋惜地這麼說。話說回來，這釣竿彈性還真好，劫爾看著這一幕心想。他已經各種放棄了，絕對沒有在心裡吐槽利瑟爾「你還好意思說」。

「它的判斷基準是什麼呢？」

「釣魚技術吧。」

「那麼最佳人選就是伊雷文囉？」

「不知道能不能成功欸。」

果然只有天選之人才能拔出這根釣竿吧。

這三人當中應屬伊雷文最有機會了。伊雷文在利瑟爾的推舉之下站起身，以指尖把沾到土壤的頭髮往旁邊一撥，毫不留情地握住釣竿使勁拉扯，但它仍然紋絲不動。

「無法欸——」

「那劫爾也試試吧。」

「感覺機會渺茫。」

劫爾嘗試的結果也一樣，即便他使出足以捏碎釣竿的力氣，釣竿還是只發出一點吱嘎聲而已，不愧是迷宮品。老實說，利瑟爾本來認為劫爾出馬的話應該能連著底下的岩石連根拔起，但這種事沒有真的發生，可見迷宮有多講究。

「嗯……」

好吧，利瑟爾站起身來。

「沒想到我們所有人都沒被選中。」

「（老實說我早猜到了。）」

「（隊長太有自信了嘛……）」

沒辦法了。在劫爾他們的視線當中，利瑟爾開始翻找腰包。

雖然這麼顯眼的釣竿很令人在意，但它也可能本來就不是能拔出來的東西，也就是單純的裝飾品，或者是指示釣點用的地標。沒辦法，迷宮裡什麼事都有可能發生。

利瑟爾下了這個結論，從腰包裡拿出劫爾他們也見過的釣竿。那是某次從迷宮寶箱中開到，在跟旅店主人釣魚時也使用過的「手感超穩釣竿」。

「用那支也行喔？」

「不知道呢。」

利瑟爾舉起釣竿，把不帶餌的釣鉤撲通一聲拋進水中。

「釣餌呢？」

「這支釣竿上也沒有餌，所以我想沒有釣餌應該無所謂吧。」

「欸——不是叫大家自己帶餌的意思？」

「釣魚準備也做得太齊全了吧。」

三人邊說邊低頭看著悠然漂浮在清澈水中的釣鉤。

魚兒無聲游過，不曉得牠們來自這一階層的哪裡。小魚成群經過，大魚緩緩游動，牠們擺動魚鰭、晃著尾巴，對於釣鉤不屑一顧。

「果然是那邊才對吧？」伊雷文說。

「果然嗎？」

利瑟爾他們抬眼望向正前方的那座浮島。

那座島大約有城裡的廣場那麼大，魚群彷彿受到某種引導似的朝那裡游去。站在那座浮島上，一定能看見許多在岩石和水草間休息的魚，而且浮島外圍還躺著幾根漂流木，就像簡便的座椅一樣。

然而，那座浮島四周沒有步道，游泳過去又太勉強了一點。這裡畢竟是迷宮，不能輕易冒著與魔物在水中搏鬥的風險下水。

「不知道該怎麼過去呢？」

「只能拔起這支釣竿吧。」劫爾說。

假如那是天選之人才能踏足的聖域，那麼沒被選中的利瑟爾他們就沒有資格上島了。這次的委託失敗了嗎？他們這麼討論著。

「誰才能真的把它拔起來啊。」伊雷文說。

「果然必須要像旅店主人那麼熱愛釣魚……」

忽然間，浮島大幅搖晃了一下。

彷彿從底下被什麼東西抬起一樣，島嶼升起又往下沉，餘波帶來的劇烈晃動教人站不穩，幸虧兩側有人抓住利瑟爾的手臂，他才免於跌倒。利瑟爾在搖晃中勉強抓著釣竿，竿子前方與釣線相接的水面隆起，他看見某種東西從水下通過。

「唔哇，好大！」

「很巨大呢。」

「好大。」

一條巨大的魚靜靜擺動身軀游過。

巨魚沿著利瑟爾他們所在的浮島邊緣游動，在水面下悠哉擺動乳白色的軀體。牠的體型平坦，從頭部到背部都覆滿了珊瑚，那些珊瑚的色彩像寶石一樣艷麗，偶爾露出水面在陽光下閃耀。

「這什麼啊，我們會被吃掉嗎？」伊雷文說。

「有點嚇人呢。」

看見巨魚靜靜繞著浮島周圍游動，利瑟爾和伊雷文忍不住朝劫爾靠近一步。像鎧王鮫那樣外貌兇悍的魔物他們不怕，看到體型太過巨大的普通魚類反而會產生一種微妙的恐懼感，也可以說是被認定成敵人還是餌食的差別吧。

「你們靠太近我怎麼拔劍……喂，放開。」

「咦？」

對此皺著臉的劫爾，忽然緊盯著前方這麼告訴利瑟爾。

是在對自己說嗎？利瑟爾眨了幾秒的眼睛，緊握著釣竿退開一步。劫爾卻把眉間皺得更深，響亮地嘖了一聲：

「不對，放開那東西……！」

話說到一半，劫爾連忙伸手抓住利瑟爾手中的釣竿。利瑟爾回過神來往釣竿前方一看，正好看見那條巨魚張嘴要咬水面上的釣鉤，他使勁抓緊釣竿。

與身軀同樣龐大的大嘴吞入了釣鉤，巨魚大幅掉頭，擺動尾巴準備遠離這座浮島。

「所以才叫你放手。」

「對不起。」

一瞬間以為能把大魚釣起來確實是他不對，被罵了。

不出所料，利瑟爾差點被連人帶竿拖走。劫爾一把抓住他的後領，代替他握住釣竿，然後把利瑟爾交給伊雷文，空下的那隻手緊握住剛才怎麼用力拔都文風不動的傳說釣竿。雙方重量差距太過懸殊，即使是劫爾也難以獨力抗衡。

「連大哥都會被牠拖走喔……」

「腳下踩不穩就會。」

劫爾冷靜地看著那條巨魚用尾巴啪答啪答地攪動水面，每次牠一游動，劫爾抓著的釣竿也被猛力拉扯，浮島跟著大幅搖晃。

「接下來怎麼辦？」劫爾問。

「怎麼辦好呢……」

「把牠釣起來？」伊雷文說。

「釣起來也沒地方放呀。」

利瑟爾他們所站的浮島太小了。

即使能把牠釣上來，岸上也放不下這條巨魚，毫無疑問會被牠逃走。

「牠看起來也不太美味。」利瑟爾說。

「那些珊瑚看起來很像素材欸。」

「鱗片說不定也是。」劫爾說。

好不容易大魚上鉤了，利瑟爾他們眼中沒有默默放牠逃走這個選項。

也不曉得是不是察覺到生命危險，巨魚拚命擺動著尾巴掙扎。

「喔。」

「嗯？」

就在這時，浮島劇烈晃了一下。

不只是晃動，整座島都動了起來，被巨魚拖向魚群環繞的浮島。

「原來是這樣過去的呀。」利瑟爾說。

是這樣嗎？伊雷文看著死命擺尾的巨魚心想。可是利瑟爾剛剛才說過作弊不可取，伊雷文也不好潑他冷水說「這是作弊吧」，畢竟此刻的隊長臉上帶著非常開心的微笑。

浮島一點一點前進，在與目的地那座浮島接壤之後停了下來。看見巨魚想往旁邊游走，伊雷文替牠切斷了釣線，因為有點同情牠。

「大魚游泳的模樣很美呢。」

「所以說那到底是啥啊？」

「魚啊。」劫爾說。

「這我知道啦……」

好了，來釣魚吧。目送艷麗的珊瑚逐漸遠去之後，利瑟爾他們看向水面。

同一時間，群島當中的一座島嶼上，某片荒野中央。

「不行。你，不能回去。」

一位老婆婆對著跪在自己腳邊的孫子這麼說，語氣溫柔。

好幾片重合的刀刃從她腰間伸出來，像蜘蛛腳那樣，在半途彎折之後刺在地面上。與其說「像」，倒不如說那太接近真正的蜘蛛腳了，老婆婆自由自在地操縱刀刃，習以為常地在大地上行走。

她真正的兩條腿被那些刀刃支撐著，懸在離地數公分高的半空中。

「不能讓你走。不行，不可以。」

老婆婆對著悔恨地咬緊牙關的孫子這麼說。

不久前，看見這個在某天突然失蹤的孫子回到家裡，整個家族都高興得不得了。

當年把孩子弄丟的父親喜極而泣，母親也用力抱緊他大聲歡呼。老婆婆的其他孫子，也就是他的弟弟和妹妹，雖然在分別的時候年紀還太小，對這個哥哥沒什麼印象，但仍然露出笑容，很高興能見到他。見證兒子和媳婦家庭發生的奇蹟，老婆婆的丈夫在一旁大哭，嘴裡迭聲說著「太好了、太好了」，她見到長孫平安健康的模樣也放下心中一塊大石，眼角泛起淚水。

「我要回去……！」

這個孫子在故鄉待了一段時間之後，卻說他要回原本的地方去。

當年他為什麼失蹤，又在哪裡過著什麼生活，家人全都聽說了。雖說是不可抗力，但他還是偷偷搭了人家的船，因此後來就待在對方手下工作作為賠償。據他所說，工作期間沒遇過什麼不好的事情，一定是遇到親切的好人照顧他了吧，大家聽了都很放心。

後來，他找到想要追隨的人，當上了冒險者。那個人教了他許多事，還建議他最好回家鄉一趟，連船隻都替他打點好了。可愛的孫子身邊有這麼多貴人，真是值得高興的好事。

「不可以。」

正因如此，老婆婆才面帶微笑這麼告訴他。

「你，弱小。」

這個來不及學習戰鬥方法就失蹤的孫子，帶著他未經磨礪的、不成熟的刀刃回到了家鄉。
力量永遠是戰奴一族的自尊與驕傲。他們不會刻意彰顯自己的力量，因為沒有必要；即使不去誇示，他們對此的自負也堅定不移。
「有想要追隨的人，那就不行。」
「為什麼！」
「無法保護。」
老婆婆唰地把一隻利刃形成的腳刺進荒野。
「保護，重要的人。對戰奴，最要緊。」
因為這份力量正是為此而生。
老婆婆也憑藉著自己的力量，守護重要的事物直到今天。一切的開端，肯定是年輕時遇見一位唯人的那一天吧。那位唯人是個商隊成員，她在他遭遇魔物襲擊時正好路過，救了他一命。後來唯人告訴她，當時的她甩動長髮、身邊纏繞著無數刃光的模樣好美，而這個唯人，正是她現在的丈夫。
「你，輸給了唯人。」
「…………輸了沒錯，可是——」
「比爺爺，更弱。」
「……………我比爺爺，強。」
看見孫子賭氣似的坐在地上，老婆婆笑了。

「你爺爺，很強。」

迎著孫子訝異的目光，她再一次「呵呵呵」地笑了。

畢竟她先生年輕的時候，可是孤身一人來到戰奴位於溪谷的聚落，告訴她：「我對妳一見鍾情，請跟我結婚吧。」當時他脹紅著臉，遞出略顯枯萎的花束的模樣，她到今天還記得一清二楚。

可是那時候，族裡已經有愛慕她的男人。她並不特別屬意那個人，但即使如此，男人還是說他無法輕易退讓，因此堂堂正正地向唯人提出了決鬥。不用想也知道雙方的實力差距，然而雙方都認真以對，視之為男人之間的決戰。為了做足準備，老婆婆的丈夫那天先回去了，後來，他明明一向跟打鬥無緣，卻帶著堅強的眼神，顫抖著雙腿舉起平凡無奇的單手劍，與族裡的男人對峙。

這份勇氣，正是戰奴所崇尚的精神。所以老婆婆才說他很強，不過說穿了也只是在曬恩愛而已。

「我是輸了，可是……」

「可是？」

「那個，不算唯人。」

聽見孫子喃喃說著像在找藉口的話，老婆婆露出拿他沒辦法的微笑。

「不過，你確實弱小。」

「……」

「你，輸了，輸給我、爸爸、媽媽、弟弟、妹妹。」
「………嗚。」
孫子輕聲哀鳴，老婆婆叫他站起來。
孫子一骨碌站起身來。不久前才拿刀刃相搏了那麼多次，也吃了她不少攻擊，還真是強韌。用手臂抵擋刀刃，卻連表皮都毫髮無傷，除了當今的族長以外，老婆婆也沒見過其他人有這種能耐。
「你，一定能變強。」
所以她如此斷言，其中沒有對親人的偏袒成分。
「你，會變強，所以沒問題。」
「沒問題？」
「可以回去。」
孫子唰地抬起臉來，老婆婆笑得眼尾的皺摺更深了。
「我、爸爸、媽媽、妹妹、弟弟，全部打贏。」
「？」
「贏了，就可以回去。爸爸和媽媽，我來說服。」
孫子刃灰色的眼睛頓時閃閃發光，擁有相同瞳色的她也瞇起眼微笑。
可是她並不打算手下留情。孫子生鏽的刀刃好不容易慢慢光彩，她不打算把他鍛鍊成一把鈍刀。這與戰鬥無關，單純是因為他們身為戰奴的本能，就是磨亮自己的刀刃。

「所以，你必須決定。」

老婆婆指向荒野的另一頭。

她的另外兩個孫子女在遠處打鬧。這對年幼的兄妹年紀與夸特有段差距，他們一骨碌躍出溪谷來到荒野上，哥哥把厚實的刀刃編織成龜甲背在背上，妹妹則展開好幾枚輕薄刀刃形成的燕子翅膀，就這麼對打著玩。

「從你尊敬的野獸身上，借取力量。為了讓我們，變強。」

以什麼形式、借助哪一種野獸的力量，當事人必須自己思考。

因此即使挑選同一種野獸，刀刃的形態不會完全相同，戰鬥方式也不一樣。孫子目不轉睛地看著那兩人跑過荒野，一人刃灰色的龜甲彈開薄翅般的刀刃，另一人輕盈地飛身躲過手背上伸出來的長爪。老婆婆看著他，慈祥地問：

「你，想選什麼野獸？」

而他，夸特的選擇是——……

利瑟爾他們盡情釣了一小時左右的魚，戰果豐碩。

「釣到的魚可以帶回去吧？」

「可以吧，畢竟是迷宮。」

「感覺會有那種，『在這座島上釣到的都能帶走』的潛規則欸。」

釣餌是伊雷文拿魚叉捕獵在附近岩石陰影下休息的魚兒做成的。把魚剖開做成餌，三人輪流使用一支釣竿，釣上來的魚五花八門。有人釣到傳聞中肉鮮味美的魚，有人釣到又大又肥美不怕填不飽肚子的魚，有人則是釣到帶有輕微毒性，吃了會舌頭發麻的魚。迷宮見機行事的作風發揮得淋漓盡致。

「總覺得先前好像也釣到過這種魚……」

「錯覺、錯覺啦。」

「喂，看那裡。」

不會分辨魚類的利瑟爾低頭看著自己釣到的魚，劫爾指向遠方的魔物，不著痕跡地轉移他的注意力。飄浮在空中的水元素精靈，被路過的魔物魚群狠狠貫穿，纏繞在牠們身上的魔力跟著飛濺開來。

「是魔物之間的敵對行為嗎？」

「剛好擋到牠們的路而已吧。」

「哦，原來如此。」

在此期間，伊雷文把釣到的魚連著水一起，從竹籃移到箱子裡。

這個箱子帶鎖，可以密封，否則從空間魔法取出時會是一片慘況。雖然還不知道這些魚帶出去會不會存活，也說不定一離開迷宮就會消失。

「好囉，都準備好了——」

「啊，謝謝你。」

「走吧。」劫爾說。

三人說著回過頭去，頓時愣在原地。他們不知道該怎麼回去，放眼望去也沒看見背上長著珊瑚的那隻乳白色巨魚。

「……只能游過去了。」劫爾說。

「嗄，我才不要咧。」

「就算你說不要，也沒其他辦法。」

「水好冰哦。」利瑟爾說。

利瑟爾他們稍微等了一會兒，但沒等到任何轉機；試了一下這座島是否也能漂動，但當然不能。最後，他們只得一邊抱怨著好冷、好冷，一邊自己游到對岸。

順帶一提，完成委託後幾天，他們偶然從獲得迷宮青睞的委託人口中聽說了詳情。

他一拔起那根美麗的釣竿，一條神聖的巨魚就從後方出現，溫柔地替他把島嶼推了過去。而且巨魚不僅帶領他登上釣點的那座浮島，回程也神奇地在需要的時間點現身，把他送回了原本的地方。換言之，巨魚對利瑟爾他們懷恨在心，所以才沒有來接他們回去。

利瑟爾他們只覺得「那也沒辦法」，倒是沒有怨恨那條巨魚。

某天，迷宮「無垠浮島」，艾恩隊伍。

「喔，是水蜘蛛欸。」

「無視牠們吧。」

「……是說啊，我最近想到一件事。」
「什麼啦。」
「要是把水蜘蛛翻過來，牠們不就會沉下去了嗎？」
「你是天才嗎！」
「好，來吧！」
他們意氣風發地把水蜘蛛翻了過來。
「哇哈哈哈哈，你們看牠跳成那樣！」
「也跳得太誇張啦！」
「水一直噴過來哈哈哈呃哇噗?!」
「哈哈哈哈！艾恩被踢飛啦！」
「滅頂！滅頂！喔咕噗……」
「你這不是也滅頂了嗎哇哈哈哈……啊，牠翻回來了。」
「完蛋完蛋，趕快把艾恩他們撈起來往前……等一下，翅膀——」
「啥，牠居然飛——」
「唔哇啊啊！飛起來啦！飛起來啦!!」
「等、不要過、啊————！」
全員滅頂。

153

清晨，劫爾獨自前往冒險者公會。

眾所周知，利瑟爾他們會在想接委託的時候一個人跑去公會，今天也不例外。即使三人沒有到齊，他們一樣會各自接自己想接的委託，只是今天獨自來到公會的是劫爾而已。利瑟爾還在旅店熟睡，伊雷文不知道人在哪裡。在這時候，莫名有點想接討伐委託的劫爾熟門熟路地穿過公會大門。

「喔。」

看見與他對上眼神的冒險者，說他沒有不好的預感是騙人的。

出聲的那男人斜靠在槍柄上，槍尖蓋著封套。他身邊帶著三名隊員，還有個看起來像委託人的人物，聚在公會大廳正中央不知在討論什麼。不過，劫爾理所當然地別開了剛才對上的視線，無比自然地走向委託告示板。

不需要在意，反正被盯著看也是稀鬆平常——他明明已經視而不見了。

「不要這麼無情嘛。」

可是，看來對方不願意放過他。

劫爾加深了眉間的皺摺，裝作沒聽見從後方伴隨著笑聲接近的腳步聲。望著告示板上整齊張貼的委託單，他在內心嘆了口氣，對方挑了這個利瑟爾不在的時間點，不知該說是好事還是壞事。那男人絲毫沒把劫爾明確的拒絕放在心上，逕自站到他身邊。

「喲，我們有點事情想拜託你。」

對方故作親近地和他搭話。劫爾不介意對方裝熟，但男人帶著一臉有所企圖又討喜的笑容過來攀談，在不曉得對方有什麼目的的情況下，他保持沉默，只回以一瞥。

這是先前主動找利瑟爾過招，在比試中大獲全勝的那個冒險者。不，只看戰況的話或許能說是險勝，但利瑟爾打得還算認真，眼前的這名冒險者卻遊刃有餘。這樣的男人要他幫忙，肯定是麻煩事，雖然劫爾也不打算接受。

他蹙起眉頭表示不快，從窺探他臉色的男人臉上移開目光。

「找別人去吧。」

「哎，別這麼說嘛。」

「喂。」男人的隊友出聲勸阻，男人對此只揮了揮手回應。周遭的冒險者看到這罕見的情景，紛紛在旁邊圍觀事態發展，在眾目睽睽之下，男人習以為常地聳聳肩膀。

「咱們這個老客戶啊，是個奇怪的商人。他會在路上發糖果給遇到的小朋友吃，還說這麼做讓他快樂得不得了，就是個徹頭徹尾的大善人。」

身為委託人的那位商人困窘地別開視線，男人不以為意地繼續說下去。

「可是啊，他犯了個追悔莫及的大錯！三天後就是他女兒的生日，但他太晚發現了，明明女兒一直當個好孩子等爸爸回家的。從這裡走最短路線回村子，單程花三天確實可以抵達，但是必須穿過『亡靈之森』。」

周遭的冒險者紛紛朝商人投以同情的目光。

「亡靈之森」是王都無人不知、無人不曉的一座森林——不是迷宮，只是一般的森林，但裡面住著許多鬼魂系魔物。

原本只出現在迷宮的鬼魂，為什麼會棲息在那座森林裡？原因沒有人知道，不過亡靈之森的正中央有一座迷宮，它看起來像是最典型的洋館，理所當然地也是鬼魂系魔物的寶庫。因此有些學者說，森林裡的鬼魂是過去大侵襲留下的殘跡；冒險者們則傳說，這是不甘寂寞的迷宮在偷偷展現自我。

「我們的專長在防守。拜此所賜是不愁接不到護衛委託，但是一旦有時間限制，火力就不夠了。」

男人以指尖敲著靠在肩上的長槍，咧嘴一笑。

「要是害得咱們這位委託人弄哭他最愛的女孩子，善人一夕之間變成大壞蛋，那咱們也良心不安對吧？」

那跟我又有什麼關係？——平常的劫爾一定會這麼說吧。

他們雙方在王都活動期間見了幾年的面，雖然不算熟識，需要時也會做最低限度的交談。儘管只有這點程度的交流，看對方如此堅持，劫爾也猜得到他多半有什麼勝算。

「你們去找其他傢伙一樣能完成委託。」

「哎，別這麼說嘛。」

不過劫爾這個人，不想做的事就是不想。當他拋下最後一句話，打算結束話題的時候，男人的手往他的肩膀伸去。

應該是想搭肩吧，被劫爾躲開了。男人甩了甩撲空的手，聳聳肩膀，臉上依然帶著無畏的笑容。

「對啦，貴族小哥的心情好轉了沒啊？」

聽見男人壓低聲音這麼說，劫爾挑起一邊眉毛。

他回想起在某座迷宮，吸入魔物的毒氣時發生的事。迷宮在這種時候偏不消除他們的記憶，因此他清楚記得當時那種平常絕不可能產生的感受，以及低頭看向利瑟爾時映入視野的神情。

雖然他並不是第一次看見那雙眼睛微微閃動，然後立刻克制住自己的情緒。

「看他那麼沮喪，好可憐啊。那時候我碰巧遇到，就安慰了他一下。」

「…………」

「哎呀，你不用覺得喪氣，那種東西第一次碰到根本不可能躲開，我也中過它的招。不過也多虧有過經驗，當時算是給了貴族小哥不錯的建議吧？」

男人哈哈大笑，把身體斜靠在長槍上。

看見男人笑瞇了眼睛，劫爾微微皺起臉，嘖了一聲。

「大叔我是覺得，欠人家的人情還是早點還清比較好啦。」

要是換作伊雷文聽到這種話，那等於是踩到他的地雷，眼前這個男人早就沉在血泊裡了。伊雷文會叫對方不准隨便拿利瑟爾當作交易籌碼，怒不可遏地把整間公會血洗成地獄般的慘況。

然而劫爾不同，他必須接受男人的要求。男人口中「欠下的人情」動輒與利瑟爾相關，他不喜歡利瑟爾因為自己的錯而欠下人情債，而且這也不可能透過「除掉對方」的手段解決。唯一的解決辦法，正是把這份「債務」轉嫁到劫爾自己身上。

換句話說，就是接受男人的要求。

「這人情債還真昂貴。」

「牽扯到貴族小哥的心情，怎麼可能便宜呢。」

意識到雙方成交，男人握起手，朝著自己的隊員晃動幾下。

看見男人臉上正中下懷的笑，劫爾再次咂舌。周遭眾人沒聽見關鍵的交涉內容，正為了意想不到的事態發展騷動起來；劫爾取出公會卡，動了動指尖把卡片彈射過去。

「別這樣賭氣嘛，只是路途遠了點的一趟遠足，咱們好好相處吧。」

「說到底，那只是你多管閒事。」

劫爾瞥了接住卡片的男人一眼，離開委託告示板前方。

「就算你們什麼也沒做，那傢伙一樣會原諒我。」

「哎呀，占到便宜的居然是我們這一方啊。」

話雖如此，所謂的恩情往往不是出自當事人感恩的心，而是被人強加而來。讓對方有機可乘的是他自己，這也沒辦法，劫爾在內心嘆了口氣，走向公會大門。大家都不是小孩子了，消失個兩、三天彼此都不會介意，但這次來回大約得花上七天，得事先說一聲才行。利瑟爾他們不至於擔心他，但想要三人一起接委託的時候還是會「咦」地突然發現他不在。

「哪時候出發？」

「下一次鐘響，在西門集合。」

「也太快了。」

「客戶趕時間嘛。」

男人也注意到他需要通知隊友一聲，因此從後方不遠處簡短地打了聲招呼，送他離開。劫爾隨便抬起手，表示知道了。

下一次鐘響。從上一次鐘聲推算起來，大約三十分鐘後出發。多虧有空間魔法，行李沒什麼缺乏，不需要花時間準備，應該來得及。他身上備有最低限度的必需品，以便隨時在迷宮裡野營：簡便的食物、毛毯、火種，今天也帶了幾瓶水。

利瑟爾一彈指就能變出火和水，一旦他不在身邊，這些用品都必須花錢準備。看來他們也同行了很長一段時間，以至於自己已經開始覺得這不太方便——劫爾漫不經心地想著，走上清晨行人稀少的街道。

劫爾抵達旅店，穿過空無一人的走廊，走上階梯。

女主人應該和丈夫一起在準備早餐吧。不必等待利瑟爾的時候，劫爾比平常更早出門，因此不會在旅店吃早餐，通常是趁著等馬車或是進了迷宮之後有空再吃。

來到利瑟爾的房門口，反正人也叫不醒，劫爾沒打招呼就直接開了門。不出所料，利瑟爾裹著毛毯睡得正香。利瑟爾早上時常起不來，甚至會認真問劫爾該怎麼做才能早起，畢竟他就算提早睡下，也不一定能提早起床。

「喂。」

劫爾走近床邊，隔著毛毯搖晃利瑟爾的肩膀。為什麼每次看他都是側睡？

利瑟爾面向另一邊，不過不難想像他的眼皮還是閉得死緊。經常賴床的利瑟爾，在某些人面前會賴床得更嚴重。要是面對年紀比他小的人，他還是意外地愛面子。

「我要離開王都幾天。」

「嗯……」

利瑟爾動了動身體，把臉埋進毛毯，多半是嫌他吵。

看這樣子，昨天他大概特別晚睡，劫爾無奈地嘆了口氣。

「要花一個星期。」

「……好。」

「喂，我現在就要出發了。」

「……好。」

利瑟爾包在毛毯裡點頭，還是一樣閉著眼睛。

「事後不要跟我說你不知道。」

「好……路上小心。」

雖然聲音軟綿綿的不太可靠，但對話算是成立了。

那就好。劫爾從利瑟爾肩上收回手，啪地打了一下他因為鑽進毛毯而往奇怪方向翹起一撮的頭髮，然後離開房間。不曉得距離出發時間還有多久，不過自己也沒繞到其他地方去，即使遲到了對方也不會有怨言吧，他邊走邊這麼想著。

此行搭乘的馬車是商人平時使用的布篷馬車，車廂不算特別大。

或許是重視行駛速度的關係，車上貨物很少，冒險者們各自在空著的地板上找地方坐。空間狹小到會碰到彼此的膝蓋，疼痛感在車體震動時直擊腰部——這是最尋常的護衛委託，是保衛馬車時司空見慣的情景。

「（習慣奢侈的生活了啊。）」

劫爾靠牆坐著，閉上眼睛，把這些煩人的感受趕出意識之外。

賈吉把利瑟爾服侍得多麼無微不至就不用說了，就連史塔德和伊雷文都不樂見利瑟爾接這種護衛委託，所以他從來沒當過馬車護衛；至於雷伊和沙德更是派出自己的馬車過來迎接他，而最接近現在這種情境的冒險者公會馬車，利瑟爾甚至自己帶著坐墊去坐。劫爾常覺得這傢伙不對勁，但看來他也相當習慣這種日子了，原本習以為常的馬車旅行，居然讓他如此厭煩。

「怎麼樣，貴族小哥是不是很爽快地送你出門了？」

長槍手忽然向他搭話，劫爾睜開低垂的眼簾。

男人坐在他正前方，長槍橫放在馬車中央，應該是為了避免刺破布篷吧，恰好把劫爾這一側和另一側劃分開來。

「他還在睡。」

「不接委託的日子嘛，還在睡也很正常。」

男人一臉理解地笑著說。這對於冒險者來說相當普遍，要是不早點去公會，不僅好的委託會被人搶光，目的地較偏遠的時候還會趕不及在天色暗下來之前回城，因此冒險者都起得很早。不過不用接委託的日子，他們就會一直貪睡到中午。

然而劫爾個人實在無法贊同，除非真的特別晚睡，否則他每天幾乎都會在同樣的時間醒來。利瑟爾對此感到不可思議，但所謂的習慣就是這麼回事。

「不過還真意外啊。」

坐在長槍手隔壁，隊伍裡最年輕的男人也開了口。他的單手劍和盾牌擱在旁邊，或許是再也無法忍受屁股疼痛的關係，他一邊把行李墊在腰和牆壁之間，一邊說下去。

「早上在公會看到貴族小哥的時候，該怎麼說……他看起來都很清醒啊。不是刻意耍帥，可是整個人看起來就是滿颯爽的。」

「確實，看起來不像還沒睡醒。」

劫爾隔壁豪邁地盤腿坐著的女性弓箭手也點點頭。

她從坐在對面的單手劍士那裡搶走了行李，墊在自己屁股底下。當中沒有半點「女士優先」的意識，只是出於「在隊伍裡有了貢獻才有資格談權利」這種冒險者之間徹底的階級關係。可是才沒有冒險者會因為這樣就乖乖讓步。

「妳屁股那麼大，根本不用墊吧！」

「加減鍛鍊一下你那顆沒肌肉的弱雞屁股吧。」

「哪、哪裡弱雞了……！」

單手劍士遮住屁股，似乎受到了謎樣的打擊，弓箭手哼笑一聲。

馬車以最快速度朝著目的地奔馳，震動自然也更劇烈，即使是平常習慣護衛委託的人也覺得不太舒服。要是屁股痛到緊急狀況的時候動彈不得，那就太不像話了。

或許是這個緣故，最後那位男性魔法師打從一開始就沒打算坐下來，而是像不良少年那樣兩腿開開蹲在地上。

「話說回來，一刀跟我們隊伍同行，這畫面真不得了啊。」

但他臉上的表情卻非常和善，從旁看起來有夠衝突。

「抱歉啊，我們隊長好像用了卑鄙的手段。」

「你這樣說就太難聽啦。」

魔法師笑咪咪地蹲在車廂最深處，也就是馬車夫的正後方看著劫爾。

長槍、單手劍、弓箭、魔法師，這個隊伍的武器種類相當均衡。是看準戰鬥平衡性才組成的隊伍，還是合拍的人組隊之後偶然變成這樣的？劫爾也不太感興趣，因此不會特別去問。

「這是大叔我的一點善意好嗎，對吧一刀？」

「不用客氣，你可以直接說他多管閒事。」

「你每次都這樣嗆我欸。」

看來自己不受這位魔法師歡迎，劫爾這麼想著，看也沒往那邊看一眼。

實力堅強到能把魔法當成主要戰鬥手段的人，都是隊伍裡的主砲。之所以說他們的隊伍擅長防守，也是因為平常就習慣一邊保護魔法師一邊戰鬥了吧。只要成功施放一發就能分出勝負，這就是魔法師在冒險者隊伍中的定位。

「不好意思啊，你應該覺得很吵吧。」

劫爾漫不經心地聽著長槍手和魔法師的日常拌嘴時，旁邊有人向他搭話。弓箭手無奈地蹙著眉頭，眼中帶著顧慮看著這裡。

劫爾只是對其他冒險者缺乏興趣，並不是刻意拒絕與人交流，只要不是麻煩事，有人跟他搭話都會回應一、兩句。

「我們隊上也有個吵鬧的。」

「啊，你說那個獸人。」

弓箭手心領神會地看向一旁，又迅速把視線轉回劫爾身上。

「那傢伙沒問題嗎？」

「……」

「雖然他看起來跟貴族小哥很親近。」

弓箭手壓低聲音，卻只是徒勞，整座馬車裡的視線都集中到劫爾身上。

劫爾表面上不動聲色，在內心嘆了口氣。伊雷文表面上親切討喜，光看表象很少有人注意到他背後的深淵。但一方面也是因為他本人沒什麼隱藏的意思，看來實力高強的冒險者當中已經有人察覺到不對勁。這指的並不是他從前的盜賊身分，而是徹底浸淫在地下世界的人所特有的、讓人下意識保持警戒的某種特質。

由於平常的行事風格，伊雷文被人覺得「這傢伙好恐怖」也只是家常便飯，不過這位女性弓箭手所顧慮的肯定是深淵的那一方面吧，所以才會這樣問他。

「誰知道。那傢伙並不打算馴養他。」

劫爾冷淡地回應。

明明認真起來一定能辦到，利瑟爾卻絕不會這麼做，打從一開始就無意改變伊雷文的本質。他絲毫不打算讓伊雷文改邪歸正，卻也不是因為他身邊需要惡人。正因如此，伊雷文才會與他同行，而理解這種做法的劫爾也算是一丘之貉吧。

「哎，這種人在冒險者裡面也不算稀有嘛。」

長槍手輕描淡寫地說。

對於劫爾來說也一樣，只要不對自己和利瑟爾造成實際危害，那麼伊雷文做什麼都與他無關。不過從眼前長槍手他們的反應看來，伊雷文算是混得還不錯吧。

「我們說的不是程度上的不同嗎。」

「怎麼，妳什麼時候變得這麼愛操心了？」

「看著貴族小哥難免會這樣覺得。」

「喔——也不是不能理解。」

「論稀有程度，貴族小哥應該是頂級的吧。」

利瑟爾一心以為自己已經徹底成為冒險者，絕不能讓他聽到這段話。對於努力一直沒有開花結果的利瑟爾，劫爾感到一絲絲同情。別看利瑟爾那樣，其實他聽到這種話都滿受打擊的。

「喔，怎麼這麼難得啊。」

這時候，單手劍士突然吐槽魔法師。

「你不是不喜歡貴族小哥嗎？應該很討厭一刀吧。」

坐在旁邊的長槍手用力肘擊了單手劍士的側腹一下。

坐在對面的弓箭手狠狠拍打他的膝蓋追擊，至於魔法師則是加深了笑意。

劫爾沒想過要討不特定的多數人喜歡，討意氣不相投的人歡心也沒有好處。要是自己有所疏失，他不會厚臉皮地將錯就錯，卻也根本不會與他人深交到有機會展現疏失的程度，某種意義上是究極自我中心的人，所以聽了這句話絲毫沒放在心上。

「抱歉啊，我沒有討厭你的意思。」

「無所謂。」

正因為沒放在心上，劫爾也不會因此改變對對方的評價，這件事不會妨礙到他們在護衛委託中的合作。察覺到劫爾這樣的態度，長槍手他們放鬆了緊繃的肩膀。冒險者在聯合委託中發生摩擦是非常棘手的事。

對於這樣的隊友們，面帶笑容的魔法師抱歉地垂下眉毛。單手劍士按著側腹，已慘遭擊沉，但沒人理他。

「我只是討厭所有有才華的人而已。」

就連劫爾聽了也覺得這有點誇張。

「你這毛病差不多該治一治了吧。」弓箭手說。

「治不好，不管過了幾年都一樣，我也很傷腦筋。」

「那都只是你自己一個人的判斷標準吧，也不考慮一下突然被你討厭的傢伙是什麼心情。」長槍手說。

「這也不是我願意的呀。」

魔法師由衷困擾地說。

據他所說，不管對方人有多好、多麼談得來，討厭的人他就是討厭。不過也僅限於討厭而已，並不覺得「不想跟這個人說話」或是「不想接近這個人」，他會若無其事地說出「我們交情不錯，雖然我討厭他」這種自相矛盾的話，對方聽了一定會大受打擊。

「至於貴族小哥，我倒是不曾覺得他有才華。」

「喔？」

隨著長槍手意外的聲音，劫爾也跟著把視線轉過去。

「貴族小哥的魔力當然不算少，但論魔力量是我比較多，他的魔力使用方式我也能夠理解。不過僅限於理解而已，他的手續太過繁瑣，我是不會想要模仿啦。」

其他魔法師時常給利瑟爾這樣的評價。

劫爾完全不懂魔法，但這多半跟他看見利瑟爾會覺得「這傢伙腦袋有問題」是類似的道理吧，他下了這個結論。這不是罵人的意思，雖然也稱不上讚美。

「這麼說或許比較好懂吧，他是用自己最擅長的方式在編織魔法。」

「那不是一種才華嗎？」

「不，技巧是很重要的。」

這正是只有他本人才懂的判斷標準。

劫爾早就放棄理解，隨便聽過去，其他隊友也隨口應了幾聲，好像習以為常。說到底，個人的好惡只要別影響到隊伍完成委託就無所謂；而且魔法師當中我行我素的人很多，所以他這種古怪的發言也不奇怪。魔法師必須在戰鬥中保持專注，越不受周遭影響的人就越適合這個職位。

「前方遠處有魔物的影子，我就不停車囉！」

「好喔，衝啊衝啊。」

車夫座位傳來一句通知，不過他本人不打算停車，只是告知一聲。

這位委託人來往各國行商，相當熟悉護衛委託，雖然偶爾會像這樣硬闖，但也懂得分辨真正嚴峻的狀況。長槍手叩叩敲了敲牆壁，給出了形式上的同意。

「有什麼魔物嗎？」

「啊……是那個嗎？長得像狼人的。」

「現在還是大白天耶。」
「那應該就不是吧。」
「你不要隨口亂說。」
坐在最後側的單手劍士，從布篷的縫隙往外看。途中一切和平，沒有比這更好的事了，要是委託能這樣迅速結束就好了——劫爾這麼想著，再次閉上眼睛。

極限趕路的馬車之旅第二天，一行人在偏早的時間紮營，為這天的行程劃下句點。這是為了把挺進「亡靈之森」的行程留到明天。從紮營處已經能看見遠處那片茂密的森林，繞過它太花時間，但直接穿越的話，到馬車完全駛出森林之前都無法休息。要是現在立刻闖進去，等到脫身的時候都已經過了深夜，而且在夜晚闖進「亡靈之森」簡直是不要命了。
提早紮營也不會損失太多時間，還是早點休息，清晨再前往挑戰的風險比較小。
「屁股好痛……」
「一刀人呢？」
「去打獵了。」
「那傢伙真的只吃肉耶。」
身為委託人的商人，馬車上只載了準備送給最愛的女兒的禮物，以及必須的物資。其中也包含了冒險者的食物，不過肉類當然只有肉乾，剩下就只能吃顆高營養的樹果填飽肚子。

不曉得是不是不想吃這些，昨晚劫爾也獨自跑到外面去狩獵，然後拖著獵物回來。

「很我行我素呢。」

「他們隊伍到底是怎麼成立的啊，所有人都那麼有個性。」

「一刀有辦法配合貴族小哥當然很厲害，但貴族小哥有辦法跟著一刀也不簡單。」

「那個獸人也差不多，這方面應該是貴族小哥負起了隊長的責任吧。」

四人一邊閒聊，手邊準備野營的動作也沒停下。

長槍手把毛毯遞給肩膀和腰都痠痛得站不穩的委託人，讓他坐在已經生好火的火堆前面。直接坐在地面上，屁股還是會痛，但沒有繼續遭到重創就不錯了。委託人端著剛煮好的咖啡，鬆了一口氣。

「話說，我心裡倒是緊張得要死。」

單手劍士看著委託人那副模樣，笑著伸了伸懶腰說道。

「我懂呀，我也是。雖然不是討厭他什麼的，但總是難免會緊張。」

「畢竟是那個一刀嘛。」

「換作是他還沒遇到貴族小哥的時候，我也不敢邀請他。」

跟這位孤高不群的、傳聞中的最強冒險者一起執行委託，在不久前還是不可能發生的狀況。假如其他冒險者聽說了，一定也會一笑置之，壓根不相信吧。

實際上，長槍手在逼著一刀接受要求之後也鬆了一口氣，渾身都是冷汗。他知道自己當時臉上的笑容有點僵硬，所有隊員也都對此目瞪口呆，即使是為了委託人好，這也太亂來了。

「哎，不過比起找那些亂搞的傢伙來幫忙還是好多了吧。」

「那是當然。」

和其他隊伍一起接聯合委託，總是難免發生糾紛。許多冒險者討厭受人指揮，還會為了分到更多報酬而搶先行動，因此犯下致命失誤而導致委託失敗的也不在少數。

在這一方面，劫爾可說是很好配合的對象，雖然隊員內心的緊張感都很強烈。

「無法見識到一刀真正的價值，倒是有點可惜。」

這趟旅途相當順遂，魔物彷彿感覺到委託人的氣魄，至今一次也沒有過來擋路。

「明天你再怎麼不甘願也會見識到的，我也有點期待呢。」

「明明你討厭他？」

「討厭是討厭沒錯。」

弓箭手在火堆上架起三腳架，把廣口的淺鍋放在上頭。在魔法師注入清水、等水煮沸的期間，今天負責煮飯的單手劍士以粗糙的手法削下芋薯皮。護衛委託中的三餐會隨著情況不同而出現各種變化，不過和這位委託人同行的時候一向都是這樣分工。

委託人準備食材，冒險者負責做飯。在長槍手他們的隊伍，每個隊員都會輪流煮飯，這次負責開伙的是單手劍士。他望著逐漸西沉的夕陽，神往地說：

「不知道一刀會帶什麼肉回來……」

「要是今天也能拿到他用剩的肉就好了。」

「昨天的獵物很大隻嘛。」

昨晚劫爾獵到一頭大野豬，他們因此蹭到了豪華的晚餐，所以單手劍士實在忍不住期待。嘴上說一刀讓他緊張得要死，卻期待成這樣，也不知該不該說他神經大條。長槍手邊餵馬兒喝水邊笑著說：

「不過這附近很少看到大隻的野獸，不要太期待啊。」

「嗄……」

然而一反預期，劫爾帶回來的獵物很有份量。「你們需要就拿去。」劫爾說著，把獵物交了過來，單手劍士歡天喜地地收下了。這人真現實。

同一時間，利瑟爾敲過了劫爾的房門，發現無人回應。

他是來邀請劫爾明天一起去接委託的，但人不在也沒辦法。平常除了睡覺之外，劫爾很少待在房間，因此利瑟爾沒把這件事放在心上，逕自回房去了。

他完全不記得前一天早上的對話。

護衛委託第三天，關鍵決勝的早晨。

委託人必須在今天之內趕回村莊，即使只晚了一秒那也沒有意義了。他們就是為此一路趕著馬車來到這裡的，為了最愛的女兒，他攥緊手中的韁繩。

委託人的反應冒險者們都看在眼裡，不過他們相當冷靜，各自握緊武器，討論進入森林之後該如何配合，然後確認自己的屁股和腰都回復到了萬全狀態。真是務實。

「好，那老闆，我們出發吧。」

「呃、好。」

「不管發生什麼事，都別停下來啊。」

馬車收起了所有布篷，讓貨臺裸露在外。

今天內就會抵達村莊，因此已經不需要物資了。屈指可數的貨物被綁在貨臺一角，只有女兒的禮物被委託人小心收進自己背包。以長槍手一句話為號令，馬車緩緩開始前進。

「一刀，你進過這森林嗎？」

「沒。」

「我們是第二次了。」

所有人雖然坐著，但都緊盯前方。森林被早晨的陽光照亮，不過越到近處就越能察覺它的茂密陰森。也難怪沒人接近這裡，確實是座讓人寒毛直豎、死靈猖獗的森林。

「必須記住的只有一點：攻擊可能從任何方向過來。對你來說應該是多餘的建議，不過還是提醒一下。」

「好。」

劫爾簡短的回答當中沒有不悅。長槍手揚起一邊嘴角，緊握住靠在肩上的槍。馬車逐漸加快速度，車體也震得越來越厲害，在激烈戰鬥中感覺會掉下車去。

「要是掉下去的話車子會停下來撈人嗎？」

「自己追上來吧。」

「認真？」

單手劍士低頭看著彈飛小石塊的車輪喃喃問道。

滿面笑容的魔法師給了他冷血無情的答案。

「好了，大家繃緊神經！」

長槍手大喝一聲，夥伴們異口同聲地應和。

幽暗的森林張著一道裂口，彷彿要把他們一行人吞進腹中。那裡有一條路，不曉得是人為開拓，還是自然形成的道路，還來不及弄清楚，馬匹就已經衝進林間。

林木蒼翠而茂密，還無暇欣賞，就感受到無形的冰冷霧氣撫過臉頰。一行人察覺涼意的下一瞬間，一把鐮刀突然在眼前一閃，劫爾拔出大劍順勢擋下。

「咿……」

「好了好了，不要放慢速度！」

聽見金屬相擊的聲音，委託人不禁縮起肩膀，長槍手用力拍著他的背。

這時劫爾已經揮出大劍，把空無一物的空間連著那把鐮刀一併斬斷。亡靈隨著一聲尖銳的悲鳴現身，融入空氣般消失無形。

「好厲害，只用了一擊！」

「鬼魂即死，根本莫名其妙啊。」

單手劍士和魔法師說著，好像要吹起口哨來。

在他們身邊，弓箭手拉弓搭箭。樹木發出駭人的響動，彷彿能從糾結的樹枝間隙感受到無數的視線。在這奇異的空間當中，隨著周遭景物飛速往後方流逝，不知何處傳來的笑聲也逐漸遠去。她所警戒的是笑聲迴盪的馬車後方。

現狀必須全速駕馬車前進，最重要的當然是開拓前方的道路，但這不構成輕忽後方的理由。當對手是神出鬼沒的鬼魂，那就更不用說了。

「這種箭可是很貴的……！」

亡靈從馬車正下方探出身體，她一腳踩在貨臺邊緣，從極近距離射穿它。

臉部中央被開了個大洞的亡靈，仍然朝著無懼的弓箭手伸出半透明的手。在即將觸碰到她之前，那張毫無生氣的臉就爆散開來，像霧一樣消失不見。

「好了，別發呆了！」

「不是啦，可是一刀已經……」

單手劍士看著劫爾扔出短劍，擊碎前方瞄準馬匹揮下的鐮刀，眼神寫滿了一言難盡。事後回想起來，他說那根本不是人類的境界。

「我看貴族小哥也很辛苦啊。」

「啊？」

武器被擊碎的亡靈伴隨著一陣風吹過林木間隙般的笑聲現身，長槍手在馬車超越它的瞬間緊盯著它，一邊笑著說：

「跟一個單人就足以作戰的傢伙組隊。」

「他不介意。」

他們彼此都一樣，劫爾如此確信。

自從組隊之後，劫爾一次也不曾在戰鬥中手下留情，同時也不曾覺得利瑟爾的存在沒有必要。雙方自然而然形成了現在的關係，各自隨心所欲地行動。

與其說是獲勝必須的戰力，倒不如說有利瑟爾在身邊，他會打得更輕鬆。利瑟爾會把劫爾和伊雷文的興趣愛好全部納入考量，設法以最有效率的方式結束戰鬥。雖然乍看之下沒什麼明顯變化，但利瑟爾能夠彌補他單人行動時嫌麻煩的部分；倒不如說，有時候由於利瑟爾的支援，他才注意到攻略過程中還有可以省下的功夫。

換言之，有利瑟爾在，他過著非常輕鬆寫意的冒險者生活。

「不論我還是我的隊友，都有實力比貴族小哥更強的自負喔。」

「我不需要。」

「我想也是。」

長槍手笑著說完，看見劫爾砍斷樹人追著馬車伸來的枝條，吹了聲口哨。

「很順利啊……！」

「哈哈，比想像中更好！」

在一不小心就會咬到舌頭的震動當中，委託人的聲音仍然帶著喜色。

就在這時，劫爾忽然看向後方，一把抓住不知何處射來的鐵箭。箭鏃上生了鏽，是一支即將朽壞的箭矢。目擊這一幕的單手劍士不敢置信地多看他一眼，劫爾不以為意地瞥了一眼沾在手套上的紅色鏽斑，蹙起眉頭。

「有東西要來了嗎？」

劫爾沒有回答魔法師的提問，他緊握著箭矢高舉過頭，直接投擲出去。

風景向後流逝，道路上林木不生，筆直扔出的鐵箭刺中了後方伴隨馬匹嘶鳴現身的無頭騎士的胸膛。長槍手隊伍紛紛發出充滿危機感的聲音。

「杜拉漢！」

「糟了，深層級的魔物居然出現在這裡啊。」

「而且還有兩隻。」

胸口被箭矢貫穿，破裂的鎧甲漏出青色火焰，無頭騎士仍然駕著馬狂奔。佩戴武裝的馬匹雙眼幽暗，彷彿不需要呼吸一樣，只聽得見牠們的蹄聲。馬背上的騎士高舉長劍、猛追著馬車，模樣有如強大威脅的具現。

「別讓牠們追上！」

「我知道！」

弓箭手回應了長槍手，搭箭上弦，魔法師也默默展開詠唱，單手劍士從行李中取出絆住敵人用的魔石。面臨強敵不僅不退縮，士氣反而更加高昂，這正是冒險者的天性。

兩隻無頭騎士分別靠向道路兩側，朝著馬車逼近。

「一刀！右邊那隻交給——」

下一秒，架起長槍的男人看見兩匹馬的頭顱被整顆砍飛。

答答、答答，馬蹄聲放慢速度逐漸遠離，無頭騎士垂下長劍，一雙不存在的眼睛凝視著這裡。牠們的身影越來越遠。

「……照這麼看，得跟你商量一下委託報酬了。」

「五成就好。」

「那真是太感激了。」

長槍手露出苦笑，看著仍然握著劍柄，把視線投向森林深處的劫爾。

「怎麼了，還有東西嗎？」

「……是沒有殺氣。」

鬼魂神出鬼沒，這個人為什麼感覺得到牠們的氣息？

所有人都在心中這麼吐槽。就在這時，搖晃已經相當激烈的馬車從側面被輕輕一撞，往旁晃了一下。一行人提高警戒，同時踩穩腳步以免摔跤，忽然有道白色的影子從馬車旁邊隱隱約約浮現出來。

「什……！」

站在最近處的單手劍士揮出劍，但劍刃沒砍到任何東西，只是劃過半空。

「啊？等、靠……」

單手劍士失去平衡，差點摔出馬車，在貨臺邊緣拚命撐著。在他身後的車外，一道煙霧般搖曳的白影清晰地顯現出來。

那是一輛四馬戰車，一般站著戰士的漆黑車體上頭，站著一個披著美麗頭紗的新娘，身上的蕾絲薄紗隨風擺動。她瞥了劫爾他們一眼，那張臉蛋有著陶瓷娃娃般惹人憐愛的美貌，膚色毫無生氣。

「失 禮 了 。」

那是像樹葉窸窣聲一樣，由好幾道聲音交錯而成的輕喃。

新娘咯咯笑著，她的戰車超越了馬車，在他們前方平順地滑向路中央，緊接著像霧氣散去那樣消失不見。

「……原來如此。」

長槍手茫然目送新娘消失之後，搔著自己的後頸開口：

「這條路說不定是為那個美女鋪的啊。」

「話說回來，魔物不會說話吧？」

「那就表示她不是魔物。」

那剛剛看到的是什麼？我哪會知道。沒關係啦，是什麼都無所謂。

三個冒險者熱鬧地討論起來。在他們身後，劫爾看著被值得信賴的隊友遺忘的單手劍士。剛才他一直努力撐著，但現在一隻腳已經站不穩了。

「喂，我真的不行了不行了……哇——！」

掉下去了。

後來，他就像先前說的那樣在後面追著馬車跑，憑著一股毅力自己爬回車上。

一行人平安穿過了森林。

由於一直待在白天也光線陰暗的森林裡，陽光令人目眩，但所有人都懶得停下馬車重新拉起布篷，因此就保持著通風良好的狀態，坐在貨臺上前往村莊。在陽光照耀下不怕著涼，一行人一邊戒備魔物，一邊悠哉搭著搖晃的馬車前進，抵達村莊的時候已過正午，太陽越過天頂，已開始西斜。

對於年幼的女孩來說，父親回家才是最好的禮物。「我還以為爸爸忘記了！」父親聽了慌張起來，但女孩嘴上雖然鬧著彆扭這麼說，還是難掩喜色地抱住爸爸的大腿。

「我們會在村裡住一晚，明天回王都。」

劫爾靠在馬車旁保養大劍的時候，長槍手這麼跟他說了一聲。

順帶一提，明天回程也一樣是搭乘委託人的馬車。雖然覺得委託人立刻動身太過匆忙，但這也沒辦法，為了趕上女兒的生日，他幾乎把所有貨物都留在王都了。他剛才露臉的妻子正在對他訓話，可能就是為了這件事吧。

「那傢伙會替我們打點好旅店，說我們可以隨意使用。」

「你知道離這裡最近的迷宮在哪裡嗎？」

「喂喂，你該不會想現在進去吧？」

長槍手瞪大眼睛，不過立刻大笑著替他指了個方向。

沿著那條河往下游走十五分鐘，迷宮就在橋旁邊，非常顯眼。劫爾聽完就離開了，長槍手看著那道一身黑衣的背影，忍不住感嘆這傢伙真不簡單。

「沒有那種程度，是不是就升不上S階呢……」

年輕的單手劍士還幹勁滿滿地說要以S階為目標努力，結果究竟如何呢。

他把久經使用的長槍靠在肩上，走向隊友們的身邊。

同一時間，利瑟爾再一次敲了劫爾房間的門，偏了偏頭。

「大哥又不在喔？」

「好像是呢。」

「是喔……」

旅店女主人也說三、四天沒見到他了，應該不是剛好錯過，而是他根本沒回旅店。是為了攻略迷宮而在裡面過夜，還是去了遠方的迷宮呢？這附近還有劫爾尚未攻略，卻這麼花時間的迷宮嗎？兩人這麼聊著，走下旅店的樓梯。劫爾攻略過的迷宮太多，除了一起去過的迷宮之外，兩人完全不清楚他的攻略進度如何。

「那我們今天就兩個人去接委託吧。」

「好喲。是說隊長，大哥他都沒有跟你說什麼喔？」

「沒有耶。」

利瑟爾乾脆地這麼說。那還真難得欸，伊雷文也不疑有他地點點頭。

154

把某位善人送回最愛的女兒身邊之後，一行人踏上歸途，展開又一次的馬車之旅。路線和去程相同。原本預計回程要繞過「亡靈之森」，但由於有一刀在場，單手劍士提出了「直接穿過森林也不算是危險的賭注吧」這樣的意見，主要是因為他屁股的疼痛差不多來到了極限。能早點回去也好，經過嚴謹的報酬交涉之後，劫爾也點頭同意。

「話說回來啊……」

在馬車裡，前屈著身體讓屁股懸在半空的單手劍士看向劫爾。

「貴族小哥有在練劍之類的嗎？」

「你在說什麼啊。」

聽見這沒頭沒腦的發言，長槍手嚼著樹果，挑起一邊眉毛。

這樹果是委託人的太太給他們的賠禮，說是先生提出這麼胡來的委託真不好意思。這種樹果很酸，馬車夫最喜歡用它來驅趕瞌睡蟲。而委託人順利為女兒慶祝了生日，現正坐在車夫座位上，笑得一臉幸福洋溢。

「他能用魔法打成那樣，用不著練什麼劍啦。」

「這個嘛，一般我們魔法師至少都會練到能用的程度就是了。」

「不然敵人一近身就沒有對策了。」

完全沒頭緒的劫爾回以一瞥的期間，長槍手他們已經聊了開來。

確實，大多數的魔法師都擁有最低限度的自衛手段，而且當然是魔法以外的手段。一旦稍有疏忽被魔物近身，可就沒空詠唱了，這時候只要能撐過一、兩下攻擊，剩下就能交給夥伴解決。

「雖然說有你和獸人在，他應該是沒必要擔心。」

或許是樹果太酸了，長槍手一邊揉著眉心一邊轉向劫爾。

「至少給他帶把短刀吧。」

「他帶著。」

「喔，還真想不到。」

劫爾自然是絲毫沒有縱容魔物接近利瑟爾身邊的意思。而且以利瑟爾的作風，他操控著魔銃砰砰開槍的時候，一定是隨時準備好發動魔力護盾的。

「不過沒什麼用處。」

「緊急的時候，第一時間很難把手伸向武器嘛。」

「就算想練習也沒機會。」

魔法師撫摸腰間的短劍，彷彿在說自己對此也下過一番苦功。他握持劍柄的動作自然流暢，看得出這把武器經過長久使用。

劫爾忽然回想起讓利瑟爾帶短刀時的情形。與其說是劫爾的要求，倒不如說是他提到「魔法師大部分都會佩戴短刀」的時候，利瑟爾就也想帶著。劍柄怎麼握才正確？

佩在腰間就可以了嗎？看見利瑟爾握著刀鞘不知所措的模樣，劫爾放棄了一切。

「你就稍微指點他一下嘛。」

「他不適合。」

「哈哈，這確實。」

長槍手哈哈大笑，他剛才的提議多半也不是認真的。

「哎，我是不會去干涉你們家的教育方針啦。」

「不是啦，可是我真的看過貴族小哥在練劍！」

單手劍士極力主張自己沒有看錯。

他把一隻手伸向前方，手肘以下朝上彎曲，反覆往下揮動幾次。

「就像這樣，他在排隊接委託的時候就是這樣揮的。」

「真的假的？」

「真的啦！」

劫爾很想說「誰知道啊」，但他還真的知道，知道得太清楚了。

利瑟爾很想成為天選之人，夢想成為那種不染凡塵、與眾不同的特別人物。因此他努力不懈，每天自我精進，全都是為了拔出某迷宮裡的那支釣竿。他甚至跟順利拔出釣竿的委託人打聽了訣竅，在空閒時間揮動空氣釣竿練習，然後露出滿意的表情。

但劫爾完全無法理解利瑟爾到底為什麼這麼有幹勁。

「我說的沒錯吧，一刀！」

「……誰知道。」

與其要他特地解釋這些，倒不如讓人家繼續誤會那傢伙在練一點也不適合的劍術。他壓根不覺得利瑟爾熱中釣魚的事情傳出去會沒面子，這是事實，被人知道也無所謂。只是劫爾自己不想從頭開始解釋這件事而已。

聽見單手劍士吵鬧的聲音，劫爾皺起眉頭，閉上眼睛準備迎接漫長的馬車旅程。

同一時間，利瑟爾來到公會接取委託。

「啊，是這樣嗎？」

「是的。」

利瑟爾找史塔德辦理委託手續，像平常一樣閒聊的時候，不經意提起「最近一直都沒看到劫爾」，這才從史塔德口中聽說劫爾和其他隊伍聯合接了委託。

這還真少見，利瑟爾眨著眼睛意會過來。有劫爾同行，委託不可能臨時出狀況，也就是說至今為止的三、四天，甚至更久的天數都是預料之中，那麼劫爾出發前肯定會跟自己說一聲。

「多虧有史塔德在，真是得救了。」

「？」

在劫爾回來之前注意到真是太好了，利瑟爾暗自鬆了一口氣，摸著史塔德的頭。

雖然不太懂他道謝的原因，史塔德還是乖乖讓他摸頭，毫不客氣地收下所有能拿到的好處。真是直率，利瑟爾看著忍不住微笑，同時對於他手邊動作毫不間斷地辦理業務也感到佩服。

「（那我當時應該也有所回應才對。）」

排在後面的冒險者想盡辦法從撒嬌的絕對零度身上移開目光，邊冒冷汗邊逃避現實似的大聲聊天，利瑟爾聽著他們的交談聲獨自點頭。

劫爾不可能對著熟睡的人隨便交代一句，就當作自己達成目的了，這樣的話不如一開始就一聲不吭直接出發。那就表示利瑟爾應該回了話，雖說當時睡傻了，但對此完全沒有印象還是令他相當不敢置信。

「手續辦好了。」

「謝謝你。」

利瑟爾接過辦完手續的公會卡，跟史塔德道了謝。

他對著那雙仰望的眼睛笑了笑。這時段人潮擁擠不方便聊太久，利瑟爾於是離開櫃檯，順著眾多走出公會的人流來到外面，和靠在牆邊等待他的伊雷文會合。

「謝謝隊長耶。」

「讓你久等了。」

今天是他們兩人一起進行冒險者活動。

劫爾一向隨心情自由潛入迷宮，所以想接委託卻找不到他的情況之前也有過幾次。這種時候利瑟爾會獨自接取委託，或邀請伊雷文同行，有時伊雷文也會主動約他。

「話說，劫爾好像正在執行聯合委託呢。」

「哈？也太難得啦。」

「對吧。」

不過，如果和劫爾同行的就是他所猜測的那支隊伍，那麼劫爾接下這委託的原因他也不是沒有頭緒。利瑟爾這麼想著，和伊雷文並肩前往今天的委託，【樂團徵人演奏打擊樂器】的集合地點。

這個委託似乎不要求演奏技術，徵人內容也寫著「隨便敲沒關係，總之幫忙敲就對了」，說不定是想找人炒熱氣氛。順帶一提，對於看見這委託時微笑說「感覺很有趣呢」的利瑟爾，伊雷文的感想是：你明明會拉小提琴。

「大哥真的沒跟你說過喔？」

「應該有。」

利瑟爾露出溫煦的微笑。伊雷文一聽就領悟了一切，哈哈大笑起來。

他也知道利瑟爾有多難叫醒，面對劫爾的時候還會更愛賴床，明明聽說過卻完全沒印象也在情理之中。

「好過分喔，人家大哥都特地跑去跟你報備了——」

「要幫我保密哦。」

「好啦好啦，保密。」

兩人惡作劇似的相視而笑，走過王都的街道。

單手劍士的屁股終於報廢了。

劫爾的腳尖碰到了橫躺在狹小車廂裡的他，於是睜開眼睛嫌煩似的低頭去看。利瑟爾在同樣的狀況下多半也會變成這樣吧，他漫不經心地想道。儘管備有手工縫製的坐墊，但在這種馬車上坐個幾天，屁股和腰肯定還是痠痛得要命。

至於劫爾為什麼沒事，只能說是習慣成自然。不僅限於馬車，在迷宮裡過夜時他也會坐在堅硬的地面上休息。不過要說心情是否會因此煩悶就是另一回事了，他沒事也不會主動過這種日子。

「貴族小哥應該沒接過這種委託吧？」

魔法師碰巧在一個恰到好處的時間點跟他搭話。

「是啊。」

「喂喂，不要說得這麼難聽啊。」

這只是非常普通的護衛委託，而且還是跟委託人熟識，執行起來特別自在的委託。

劫爾暗自同意長槍手的話，並修正自己不知不覺偏移的判斷標準。沒錯，這才是一般的護衛委託，有過幾次護衛委託經驗、卻不曾受過破爛馬車洗禮的利瑟爾才不正常。

「畢竟有人會不高興。」

「你說貴族小哥？」

「他周遭的人。」

聽了劫爾簡短的回答，所有人都恍然大悟，單手劍士也發出「啊……」的聲音動了動身體。但他才剛想伸展一下縮成一團的身體，就被魔法師阻止了。伸到一半的腿被魔法師的鞋底用力按回去，他再次縮成小小一團。

「他本人會想接嗎？」

「滿想的。」

「這還真少見。」

長槍手笑著說利瑟爾好事，也不管自己有沒有資格說別人。

「你們的特長不是護衛？」

「擅長跟喜歡是兩回事嘛。要說我個人的話，倒是比較想跟魔物搏鬥。」

劫爾擅長和喜歡的事情一致，有點難以理解。

話雖如此，以長槍手隊伍的實力不可能打輸一般的魔物；倒不如說，即使是與專長戰鬥的艾恩隊伍交手，他們也能輕鬆應付。長槍手他們在所有領域都有優秀表現，在冒險者當中很少見到這種隊伍。

「你和那個獸人是很好懂，但是……」

身為馬車上唯一一位女性的弓箭手，一派輕鬆地窺探著劫爾。

「我實在看不出貴族小哥偏好什麼樣的委託。」

「對啊，感覺每一種委託他都會接。」

「所以他到底為什麼跑去接那種E階、F階的委託啊？」

「那個不是有結論了嗎，是他的興趣。」

這些人怎麼會知道他們接什麼委託？又是在什麼圈子達成了「是興趣」的結論？類似的傳聞不時會傳入劫爾耳中，他每次都不由得這麼想。

利瑟爾確實是無論如何都會吸引目光的人物，成為話題主角也是沒辦法的事。但這些傳聞也太奇怪了，不知為什麼，冒險者傳聞中常有的「囂張」和「愛現」在利瑟爾的傳聞中幾乎不會聽到……不過反過來說，最有冒險者氣魄的「超強」、「超猛」這些詞也不會出現就是了。關於他的傳聞到底是在傳什麼，已經讓人摸不著頭緒了。

「有跟他說過了，委託要是接得不夠全面，階級升不上去。」

「喔，那他很努力耶。」

弓箭手點點頭，艷紅的嘴唇勾出笑弧。

她們從利瑟爾剛成為冒險者的時候就一直待在王都了。不過即使如此，用這種看著人家長大的眼神看著一個老大不小的成年人也不太恰當吧，旅店女主人也常常露出類似的眼神。

「一開始我還以為是貴族大爺打發時間的遊戲呢。」

「他要是貴族就不能加入公會了吧。」

「話是這麼說沒錯。」

看見現在的利瑟爾，幾乎沒有人會笑他只是來玩玩了。

確實他接取每一項委託的時候都樂在其中，但本人是以冒險者的一員的身分，心懷誠意加以應對，從不敷衍了事，每天都以升階為目標不斷努力，這點與其他冒險者沒有太大的區別。

「哎，雖然他怎麼看都是個貴族。」

可惜光是這一點，就把利瑟爾的冒險者氣質整個連根掐斷了。

聽見躺在地上加入對話的單手劍士這句話，長槍手他們贊同地點頭。

兩人和這次提出委託的樂團見了面，事不宜遲地被帶到了樂器旁邊。

「這就是今天想請你們演奏的樂器。」

「這是啥？」

「很不可思議的樂器呢。」

眼前是把幾條金屬板釘在兩根木板上的樂器。

每條金屬板的長度各不相同，形狀也有點歪曲不一致。桌上有兩臺這樣的樂器，中間擺著四支又細又直的金屬棒，棒子前端有著同樣以金屬製成的圓球，是一種復古又奇妙的樂器。

「拿著這個，像這樣……」

負責指導他們的樂團指揮者，是一位中年男子。

他拿起細金屬棒，以前端的圓球敲了金屬板一下。噹——從外觀無法想像的澄澈聲音在廣場上傳了開來。叮、咚、噹，他繼續敲了幾下，最後從最邊緣的金屬板依序敲過去。隨著圓球敲擊的位置不同，形狀粗糙、保有樸石感的金屬板發出各式各樣的聲響，沒有規則音階的造型讓它演奏出隨機的音色。

「我們要演奏的是〈礦工之歌〉，所以想敲打這樣的樂器，營造出挖礦的感覺。」

「原來如此。」

「喔──」

利瑟爾拿起金屬棒，試著敲了板子一下。伊雷文則是馬上一手拿了一支，叮叮咚咚地敲著玩。多虧樂器本身清澈優美的音質，即使只是這樣敲打，聽起來也接近有模有樣的曲子了。

「我們是第一次做出這種嘗試，樂器也是臨時做的。」

「這樣也能叫做樂器喔？」

「只要能發出一個音，那當然就是樂器了。」

男性指揮家得意地揚起一邊嘴角。

說得沒錯，利瑟爾也露出微笑。即使是這臺音階亂七八糟、勉強把礦石做成鍵盤狀的東西，樂團成員們也不會拿它跟自己的樂器比較，而是理所當然地笑著說這同樣是一種樂器。

「雖然說隨便敲打就可以了，但實際演出的時候應該不能真的亂敲吧。」

「沒錯，等一下會有彩排，屆時我會跟你們說明大致上的流程。」

「要是太難的話我不會欸。」

直到彩排開始之前，利瑟爾他們叮叮噹噹地敲著自己負責的樂器玩耍。

馬車之旅相當順利，在半天左右的路程中一次也沒遇上魔物。

這是因為回程周全顧慮到了各方面，不像去程那樣重視速度硬闖。碰到魔物棲息地他們會稍微繞道，除了午餐以外都不必停下馬車，可以持續前進。

在車夫席位上，委託人還是一想起愛女的笑容就忍不住傻笑，坐在貨臺裡的冒險者們則是不時有人想起什麼似的起個話頭，聊了一、兩句之後，大家又閒得沒事做，各自隨意打發時間。

「你的砥石是哪裡買的啊？」

「不知道，我叫老頭子去買的。」

「我是覺得看起來很像大馬士革……」

「就是吧。」

「居然是真貨！」

馬車忽然放慢速度，喀噔輕晃了一下之後停下來。

劫爾和長槍手停下保養武器的動作，閉目養神的魔法師和弓箭手也抬起臉來。為了追求不痠痛的姿勢，單手劍士到最後已經抓著貨臺在馬車後方狂奔，此刻他稍微起伏著肩膀喘氣，不過仍然以靈巧的動作翻上貨臺。

一股微小的寒意撫過背脊，不用看也知道「亡靈之森」到了。

「喔，到啦。」

長槍手在狹小的車廂內站起身，拉住從馬車布篷垂下的繩索。一拉下繩索，布篷就收了起來。弓箭手也幫忙收起布篷，馬車變成了類似運貨車的形態。面對神出鬼沒的鬼魂，視野即使有三百六十度還是不夠用，這樣最適合應戰。

長槍手踩著失去了遮蔽物的車夫座位，探出身體說：

「喲，就像去程一樣全力衝刺吧。」

「……去程歸心似箭，但冷靜下來一看還真恐怖啊。」

「沒什麼，有我們在，這也只是普通森林而已。」

長槍手一派輕鬆地回答，不是因為他樂觀，而是為了讓委託人放心。

劫爾也仰望頭頂上的藍天，有點慵懶地站起身來。穿越森林的途中可沒有空閒呆坐在原地，他握住劍柄，剛保養好的大劍輕鬆垂在身側。往前方看去，在大白天依然陰暗的森林在眼前展開。

「哎呀，反正去程都已經幹掉兩隻杜拉漢了。」

聽見單手劍士邊拔出劍邊這麼說，弓箭手傻眼地開口：

「你不知道嗎，牠們馬上就會復活了。」

「啊?!」

「畢竟沒有斬殺牠們的本體啊。」

除非騎在馬背上的無頭騎士受到致命攻擊，否則杜拉漢不會被打倒。

最穩妥的應對方式是先解決馬匹降低牠們的機動性，再來對付本體。不過前一天重視的是安全逃脫，因此劫爾也只解決了馬匹。

「那也就是說，被砍頭的馬會朝我們衝過來喔？」

「牠的頭只要五分鐘就能重生了。」

「鬼魂系太誇張啦……」

單手劍士舉止邋遢地蹲下來喃喃說著，一臉嫌棄。劫爾瞥了他一眼。

習慣了和利瑟爾相處，總覺得沒收到興味盎然又期待的反應有點難得。劫爾在內心想著「那傢伙果然是個怪人」，在開始行駛的馬車上稍微使力站穩腳步。

「這一段敲小聲一點，這一段激烈一點。」在指揮概略的說明之下，利瑟爾和伊雷文順利結束彩排，現在差不多準備正式表演了。

這裡是中心街前的廣場，樂器排列在廣場邊緣，並沒有特別搭建舞臺，是一場輕鬆趣味的演奏會。聽說這個樂團本來就是由業餘愛玩樂器的成員組成，這樣就很足夠了。

「觀眾越來越多了欸。」

「也不枉費大家努力彩排了。」

人們受到樂聲吸引，路人看到聚集的人群也來一探究竟，樂團周圍逐漸形成一些人潮。附近的小吃攤和咖啡店，也慢慢坐滿了趁機來聽演奏的客人，廣場越來越熱鬧。

利瑟爾望著正在做最後調整的樂團成員，忽然笑了開來。

「確實很有〈礦工之歌〉的味道。」

雖然沒有舞臺，廣場周遭現在已經按照這首樂曲的世界觀裝飾了起來。

好幾個滿是使用痕跡的木箱疊在一起，十字鎬和鐵錘斜靠在箱子上，不知道是不是從鐵匠鋪借來的。除此之外，四處還擺放著岩石上凸出的原礦，以及幾盞點亮的油燈。

此刻這裡就是採掘場，是礦工們勞作的庭園。利瑟爾他們周圍也有水晶般的礦石點綴，在這種氣氛下，就連放在他們眼前的樂器看起來都彷彿是用礦石打造而成的一樣。

「感覺幻象劇團很難做到這樣呢。」

「啊——本地人才有辦法跟附近借東西嘛。」

對於巡迴各國演出的劇團而言，木箱太占空間，礦石又太沉重，本地人的強項就在於開口說聲「這個能不能借我們幾小時」就能搞定這些道具，說不定樂團成員中也有相關行業的人呢。

「啊，貴族大人——」

聽見稚嫩的聲音，利瑟爾環顧四周。

他忽略了周遭「這人怎麼會在這裡」的目光，朝著聲音的方向看去，一個被母親帶來的小女孩正輕快地向他跑過來。母親急忙叫住小朋友，利瑟爾對她笑笑說沒關係，然後低頭看向在身邊站定的女孩。

「妳好，今天陪媽媽一起出門嗎？」

「你好！」

女孩露出滿面的笑容，開心地點點頭。
然後，她好奇地抬頭看著利瑟爾面前的金屬板。
「這是什麼呀？」
「是樂器喲，今天我們來幫樂團演奏它。」
「喔……」
利瑟爾「噹」地敲了一聲給她聽。沒想到它會發出這麼清澈的聲音，女孩驚訝地眨眨眼睛，接著興奮地紅著臉頰說好厲害、好厲害。
「這個石頭叫做什麼呀？」
「我也不知道呢。」
「貴族大人也有不知道的事情嗎？」
「有很多喲。」
利瑟爾有趣地笑著說完，回頭看向伊雷文。伊雷文本來閒得發慌地拿金屬棒前端在利瑟爾背上按來按去，對上利瑟爾的視線，他微微聳了聳肩膀。如果是來自魔物身上的石頭另當別論，但利瑟爾和伊雷文都對普通的礦石不太瞭解，不在這裡的劫爾也一樣。
「那那邊的石頭呢？」
「我想應該是魔石。」
女孩指著放在木箱旁邊的大簇結晶問。
從它上頭隱約感受得到魔力，因此利瑟爾猜測是魔石。以它的尺寸來說魔力濃度並不高，應該不太值錢——他模仿著賈吉在內心這麼推敲。

「那個也是嗎？」

「是呀。」

「那一個呢？」

「那個……我也不知道耶。」

這麼聊了一會兒之後，女孩的母親提醒她：「不要打擾人家太久喲。」女孩精神飽滿地說好，又回過頭來看向利瑟爾。

「我很期待！」

「謝謝妳。」

女孩露出惹人憐愛的笑容，翻動著裙襬跑遠了。

目送小淑女離開後，利瑟爾陷入沉思，目光掃過擺設在周遭的礦石。伊雷文湊過來問他怎麼了，他看了看伊雷文、又看了看分配給他們的樂器，最後點了個頭露出微笑。

「嗯，我想去跟他們提議看看。」

「隊長慢走——」

利瑟爾就這麼走向仔細擦拭著指揮棒的樂團指揮。

林木間呼嘯的風聲宛如悲鳴。

肌膚感受到詭異的涼意，撫過臉頰的風卻帶有溫度。馬車以車輪隨時都要脫落的速度全速行駛，馬蹄聲此起彼落，數量比牽引馬車的馬匹更多，踩踏地面強而有力的聲響在森林中迴盪。

「喂喂，怎麼越來越多啦！」

「絕對不要讓牠們超前！」

三名騎士騎著馬追趕馬車，後方另外還有兩名。他們高舉長劍、架起長槍逐漸逼近，看得單手劍士高聲大叫。

「光是這樣就夠難搞了……！」

後方的無頭騎士拉緊弓弦，射出的箭矢伴隨劃破空氣的聲響襲來，被單手劍士舉盾彈開。彎折的箭矢彈到貨臺上。

「好險！」

長槍手縮起一條腿躲開箭矢，他沒空抱怨。一具雄偉長角的野獸骸骨出現在眼前，和馬車並排前進。骸骨露出笑容，瞬間出現一個魔法陣，看來牠打算把馬車整輛燒掉。

「太慢啦。」

不過在魔法發動的前一刻，火球就把骸骨轟飛了。

火焰燒毀了魔物身上的長袍，野獸骸骨發出駭人的慘叫消失不見。

「你那招要是能連發，我們就輕鬆了。」

「你去跟貴族小哥講。」

「是說你也站起來吧，怎麼坐著啊！」

「馬車晃成這樣，我一站起來就會滾下車了。」

對於長槍手的願望和單手劍士的抱怨都不為所動，魔法師坐在原地，再次凝練魔力。畢竟魔法必須在需要發動的瞬間精準完成，他得掌握戰局，預測該用哪一種魔法、往哪裡發動，是相當需要專注力的工作。

順帶一提，他不擅長使用魔力護盾，應該說長時間持續發動的魔法他都不擅長。許多冒險者都是這樣，短時間專注集中是拿手好戲，但連續長時間發動就難倒他們了。

「昨天才被我們硬闖，今天果然特別警戒。」

「別這麼說嘛。」

弓箭手一邊射箭攻擊追在馬車後方的杜拉漢，一邊發著牢騷。雖然不知道魔物有沒有警戒心這種機制，但不太可能毫無關聯，攻勢顯然比昨天更猛烈了。

長槍手則是在應付逼近馬車的騎士。雙方的武器同樣是長槍，對方騎在馬背上，機動性略勝一籌。長槍手卻好戰地笑著舉槍回應，擋開對方突刺而來的槍尖，槍頭變換著軌道貫穿對手的胸膛。

「最麻煩的對手有一刀負責，就已經不錯啦。」

長槍手目送著不再動彈的騎士滾落馬背，回頭往馬車的行進方向看去。

在拉車的馬匹前方，有一團幾千幾萬條蛇糾纏而成的團塊正在蠢動。

從蛇團身上，伸出人骨胡亂組合成的腳，就像爬行地面的蟲腳一樣，牠每一次爬動都發出讓人皺起臉的噁心聲響，抓握地面的部分也有點像手指數量異常的人手。

牠的上半身長著人骨組成的手臂，和無數的腳成對。腕部的關節形狀怪異而扭曲，大力揮舞著染血鏽蝕的柴刀和劍之類的利器，是劫爾擋下了牠毫不間斷的攻勢。

「好、好恐怖……這好恐怖……要、要死了……要死……」

在他腳邊嘴裡念念有詞的委託人，應該要跟面對這種恐懼的化身仍然勇敢前進的馬兒好好學習。劫爾這麼想著，彈開了揮來的斧頭。

話雖如此，進入森林之前，他們確實給馬兒吃了滋補強身的樹果，效果是讓牠們保持在亢奮狀態。這種樹果雖然對身體無害，馬匹亢奮的程度卻讓人不敢相信它沒有危害。據說人吃了也只有一般滋補強身的效果，不會精神亢奮。

「嗚咿……！」

某種東西從蛇的團塊後方冒了出來，委託人驚聲慘叫。

那是顆頭蓋骨，看起來像是牛頭。它就像把整條脊椎拉出來似的，從蛇的團塊當中延伸出來，獨立於身體之外看著劫爾他們，鬆動的下顎發出喀答喀答的笑聲。

眾多手臂突然同時發動攻擊，劫爾一一揮劍應戰，每一劍都斬碎牠陳舊的武器。

「喂——一刀，你快點解決牠過來幫忙啊。」

「你們至少削減一下數量。」

決定走這條路線，以及隨之調整報酬分配，都已經過雙方同意，所以長槍手才敢這樣開玩笑。劫爾也沒那麼年輕氣盛，不會特地回嘴。

「那隻好恐怖……我絕對不敢回頭。」

「我已經決定當作沒看見了。」

「感覺晚上睡覺會夢到。」

劫爾沒管背後那些人在胡說什麼，逕自低頭看著不停前後擺動的骨頭腳。

幸好牠沒有擊潰馬匹的意圖，雖然就算有，自己也有辦法應付就是了。劫爾這麼想著，斬飛了等得不耐煩似的襲來的無數蛇首。

「（果然會重生嗎。）」

蛇身縮回團塊內，幾秒鐘就從切口長出新的頭顱，那麼攻擊蛇的部分只是白費工夫，切斷牠的腿部恐怕也一樣會重生。看這強大的機動力，只是稍微絆住牠沒有意義。

一個鬼魂忽然出現在劫爾身邊，他擋開攻擊，將牠一刀兩斷。同一時間，公牛的頭蓋骨伸長脖子，劇烈蠕動著朝這裡飛過來，上下顎長著尖銳的牙齒。這明明是牛的頭骨，劫爾蹙起眉頭。

「唔哇，真的假的……」

「太誇張啦。」

劫爾的拇指插進空洞的眼窩，握住牠的頭蓋骨。

頭蓋骨被強制停止動作，摩擦上下顎發出激烈的威嚇聲。劫爾使勁一拉，纏著無數蛇身的軀體就這麼往後仰，被拉到半空。看見牠投下的影子，長槍手抬頭往上看，露出啞然的乾笑，口中喃喃說著些什麼。

即將被怪物壓扁的馬兒仍然沒有停下腳步，牠們很勇敢，跟飼主大相逕庭。委託人在劫爾腳邊昏了過去，這時魔法師立刻行動起來，往委託人口中塞滿了他的愛妻交給他們保管的莓果。

也不管腳邊發生了什麼事，劫爾朝著浮在半空的巨軀筆直揮劍。響起無數骨骼碎裂的聲音，被斬斷的蛇體液飛濺，異形被砍成兩截，恰好避開馬車往道路兩旁墜落。

「喔，太幸運啦。」

「感覺像是他計算好的。」

巨軀掉落地面，發出像是某種東西被砸爛的聲音。

兩隻杜拉漢被拖住了腳步，馬匹嘶鳴著抬起前腳，騎士用力拉住韁繩。牠們沒有餘力舉起武器，似乎放棄了追擊，但剩下兩隻拿弓的杜拉漢從牠們之間一躍而出，繼續緊追馬車。

「該說牠們麻煩嗎，要是再靠近一點就好辦了。」

「我射出去的箭也會被彈開。」

「魔法也被躲掉了。」

受到名為「老婆的愛」的味覺攻擊，委託人猛然醒來，重新握好韁繩。

馬車穩定下來，單手劍士舉盾，弓箭手在他的掩護下搭箭上弦。

「不過只剩這些追兵的話，就這樣逃跑也是個選擇吧。」

長槍手說著，把靠在肩上的長槍一頂，刺穿了下一秒出現在他頭頂上的鬼魂。

就在這時，某種東西發出銳響從他身邊飛過。那東西筆直飛向拉緊弓弦的杜拉漢，刺穿了牠的胸膛，緊接著又是一隻。胸口刺著散發魔力光輝的短劍，杜拉漢滾落馬背。

「助陣辛苦啦。」

「剛好抵銷你們的箭矢費。」

「那真是謝謝了。」

長槍手回過頭，看見劫爾已經失去興趣似的收起剩下的短劍。猛烈的襲擊逐漸緩和下來，再走一小段路就能脫離「亡靈之森」。雖然還完全不能掉以輕心，不過像剛才那種等級的魔物應該不會再出現了，一行人保持著警戒狀態，稍微放鬆緊繃的肩膀。

馬車就這麼駛離。在他們後方，被斬斷的蛇團忽然蠢動起來。殘餘物像泥巴一樣融化，最後融合成一團，不規則跳動著被吸入地面。

各種樂器演奏出優美的旋律，傳遍整座廣場。

礦工的早晨爽朗輕快，曲子以和緩的方式開頭，偶爾能聽見輕快的音色，就像喚醒人們的鐘聲。

中午，礦工們齊聲揮下十字鎬，金屬聲響遍周遭，時而迴響、時而重合，大大小小的聲響交織出厚重的樂章。

黃昏則來到熱鬧的酒館，彷彿聽得見礦工們的笑聲，以及玻璃杯相碰的聲響，愉快的節奏讓人心情也跟著快活起來。

接著是夜晚。和夥伴們一起用酒水洗去在礦山累積的疲勞，曲調帶領人們進入舒適的夢鄉。礦工的日常聲響在夢中仍殘留餘韻，為沉睡的他們帶來輕柔溫暖的殘響。

利瑟爾和伊雷文歡快地敲出琴聲，偶爾把手伸向彼此的樂器敲著玩。每一次揮下琴槌，就有光點像雨滴打在地面那樣，從金屬板上迸發出來。彷彿在回應那些光點似的，擺放在廣場各處的礦石和水晶也散發出柔和的光芒，琴聲配合著光影迴響，絕不打擾到樂團本身的音色。

這次是那邊的礦石、下次是這邊的水晶。晶簇裡寄宿著淡淡的光芒，又隨著樂聲迸發開來，孩子們看見這樣的情景紛紛歡呼起來，大人們也發出讚嘆的嘆息。

這首交響曲讓人心沸騰，指揮家站在質樸的木箱上，樂聲像波浪一樣隨著指揮棒一波波湧上沙灘、又退回汪洋。那支指揮棒猛地指向天空，為曲子劃下尾聲的瞬間——

整座廣場被掌聲包圍。

演奏結束後。

「哎呀，真是太美妙了！」

在樂團成員們悠哉收拾東西的時候，利瑟爾他們受到男性指揮家大力稱讚。

「我們自己也能做出這種效果嗎？」

「如果有擅長運用魔力的人在，或許可以。」

「啊，魔力嗎……………魔力啊。」

指揮家點了幾次頭，有點沮喪地放棄了。

見狀，利瑟爾垂著眉露出苦笑。除非是冒險者，或是工作上需要運用魔力的人，否則人們不會意識到自己擁有這種力量。若非經過一定程度的練習很難做到這樣，因此利瑟爾並沒有不負責任地讓他懷抱希望，只是安慰他不要難過。

畢竟他運用的可是美麗妖精的語言。讓聲音乘載魔力，無論相隔多遠、以什麼樣的形式都能發揮作用，就連利瑟爾都只能學會這種技術的冰山一角。這和妖精們使用的魔法比起來只能算是兒戲，難度卻意外地高。

「今天真是謝謝你們了，有機會再找你們合作吧。」

「接委託的不一定會是我們哦。」

「啊，這麼說也是……」

會接這種委託的冒險者也沒幾個——伊雷文把這句話留在心裡。

而且就算找不到冒險者，他們隨便找幾個熟人來湊數也不會有問題，利瑟爾和伊雷文幾乎沒有練習過就能順利演出了。話雖如此，持續用力敲打金屬的工作確實有點累人，不難理解樂團為什麼找上強壯有力的冒險者。

利瑟爾他們順利收下委託報酬，離開了廣場。兩人從推著滿載礦石的推車、腳步不穩的樂團成員身邊經過，朝著旅店走去。

「手臂果然有點痠呢。」

「會痛嗎？」
「有一點。」
利瑟爾把指揮家交給他們的委託完成證明書小心收進腰包，揮了揮手臂，看得伊雷文笑了出來。
「本來我明天還想跟隊長去迷宮的說。」
「好呀，反正劫爾也不知道什麼時候才會回來。」
「我們多久沒有兩個人進迷宮了啊。」
上次是什麼時候呢？應該沒過那麼久吧。
兩人這麼聊著，在即將染成茜色的天空下踏上歸途。

三天後。
「啊，劫爾，歡迎回來。」
「嗯。」
利瑟爾很自然地打了招呼，劫爾也淡然回應。
一開始劫爾還覺得「原來這傢伙有好好醒著聽人說話啊」，但沒多久轉念一想：不對，他有可能是從史塔德那裡聽說的。要是利瑟爾認真裝傻，劫爾識破的可能性微乎其微，因此他沒有特地多問。
假如真是如此，劫爾很想叫他不要在這種事情上認真。

155

早晨的冒險者公會，人潮擁擠的委託告示板前方。

「能接觸音樂、能演戲，又能釣魚，冒險者可以嘗試各種工作，真的很不錯呢。」

「你本來就會拉小提琴吧。」

「這是我第一次參加樂團演奏呀。」

看見利瑟爾開心地這麼說，劫爾理解地點點頭。雖然利瑟爾舉出的那些都是大部分冒險者不想接的委託，讓人很想吐槽，不過他盡情享受著假期就好。

劫爾已經聽說他們去參加某個當地樂團的演奏了。反正即使當時在場，他也會翹掉這個委託，只能說這時機還真巧。

「隊長，你在那邊沒有參加過喔？」

「怎麼可能，我連提都不敢提呢。」

利瑟爾理所當然地這麼說，按往例從告示板一側開始依序瀏覽委託單。

「總不能讓雜音混入優美的旋律裡吧？」

這既不是自卑也不是自謙，劫爾和伊雷文不用想也知道。

在他們兩人耳中，利瑟爾的小提琴音色也非常優美，但對利瑟爾而言還離不開練習的領域。畢竟他在原本世界聽慣了一流樂團的一流演奏，那是從眾多才子當中選拔出來的天才所帶來的頂級音樂饗宴。

兩人能夠輕易想像利瑟爾是如何坐著馬車，來到擁有最高級音響設備的音樂廳，坐在貴賓席上優雅地聆賞音樂。實在太適合他了。

「不過，這次的樂團可以跟大家一起同樂，真的很棒呢。」

「隊長看起來真的超開心的。」

「很開心呀。」

利瑟爾穿過了其他冒險者你推我擠地搶著看的告示板區域，走向空蕩的低階委託區。他從那裡探頭確認過C階的區塊，接著轉向E、F這些低階委託。

「你在那裡沒聽過街頭演奏？」

「有的，倒是聽過一次，因為陛下突然跑去加入演奏。」

「你說啥？」

理應第一個在高級音樂廳坐享王族專用席的國王，居然在街頭參加過演奏，而且還是臨時加入。這位國王的行動力，果然和劫爾他們聽說過的一樣驚人。

「陛下彈著鋼琴，現場氣氛非常熱鬧哦。」

「喔，你是說那個……風琴的親戚？」

「那種音樂怎麼熱鬧得起來啊。」

「陛下的鋼琴比較激昂嘛。」

一般的古典音樂他也會彈，不過比較喜歡快節奏的曲子。

劫爾想像中激昂的鋼琴曲，都是厚重又像暴風雨般席捲全場的炫技曲子，因此很難想像節奏明快的曲子是什麼樣子，或許比較接近流浪的小提琴家偶爾會在酒館演奏的那種歡快歌曲吧。

「嗯？」

忽然，利瑟爾的視線停留在委託告示板下方。

他稍微彎下身拿起那張委託單，卻沒有將它撕下來。劫爾他們也跟著湊過去看，映入眼中的是個與眾不同的F階委託。

【尋找讓一朵花綻放的方法】

階級：F～

委託人：綠井花店

報酬：五枚銀幣

委託內容：我有一朵在魔力聚積地才會開放的花，請提供讓它綻放的情報。

希望找到熟悉魔力聚積地、知道可以運用哪些素材的人幫忙，拜託了。

劫爾心想，全心享受音樂、釣魚、戲劇的利瑟爾，怎麼可能對這委託沒興趣呢？倒不如說，世界上還有什麼事情他無法樂在其中？當然，國政、外交這些他在另一邊的日常事務除外。

「我想接這個委託。」

「我想也是。」

「可是，我沒什麼園藝相關的知識……」

利瑟爾看著委託單沉思起來。看到他難得猶豫不決，其他冒險者紛紛偷瞄過來，難道有利瑟爾他們也難以完成的F階委託嗎？但那委託內容讓他們都困惑地忍不住多看一眼。

「伊雷文呢？」

「我？」

「你原本住在森林裡呀。」

「可是獵人不會去種東西啊，完全是兩回事。」

有時候為了追趕獵物，甚至好幾天沒回家咧，伊雷文補充道。利瑟爾聽了理解地點頭，不過伊雷文爸爸是以陷阱為主要狩獵工具，一路上應該也不是馬不停蹄地移動。

「我媽應該比較瞭解吧。」

「她是調香師對嗎？」

「對啊，她會自己種一些藥草還是香草之類的東西。」

伊雷文的老家旁邊，有座小小的花壇。

劫爾只有模糊的印象，不過利瑟爾記得很清楚。那裡確實種著五花八門的植物呢，利瑟爾佩服地眨了一下眼睛，目光接著探詢地轉向劫爾。

「我也不會。」

「大哥，你小時候不是住在村莊嗎？」

「沒種過東西。」

劫爾出生在靠近山邊、木材豐富的村子，與農耕也並非完全無緣。不過他一向負責劈柴，只在收穫時出點力幫忙，因此完全不記得哪一種作物是怎麼種的。

「這無所謂吧。」

劫爾彎下腰，撕下那張委託單。

「對方是花店老闆，這方面比我們更清楚。」

「這麼說也是。」

委託人自己就是花卉專家，需要的應該是園藝以外的知識吧。關於魔力聚積地的知識有利瑟爾在就夠了，素材他們身上也有不少。雖然不知道該選哪些材料、如何運用，但只要列出可能的候補，花店老闆應該就能挑出需要的東西。

「難得看隊長猶豫了一下欸。」

「因為上面寫著『一朵』呀。」

「喔——」

換言之，這是不允許失敗的那種委託，所以利瑟爾希望做到萬無一失。

但對方既然都願意委託冒險者了，那肯定是抱著半放棄的心態，連委託人自己都不太期待能解決問題吧。這傢伙在某些奇怪的地方特別認真，劫爾嘆了口氣。

那間花店開在一口已經無人使用、長滿綠色藤蔓的古井旁邊。店門口陳列著種有各色花朵的花盆，從寬敞的玻璃窗可以清楚看見店內景象。精心裝飾的花環、銀色的澆水壺，玻璃碗中飄著好多花瓣，修剪到一半的花枝橫放在工作檯上。

素淨的裝潢，襯托出植物鮮艷的色澤。店內充滿花草，但不走少女風格，多虧如此，三個大男人走進店裡也不顯突兀。

「謝謝你們接受我的委託。」

自稱花店老闆的女子，在店裡端莊地向他們道謝。

她的微笑中隱約帶著憂傷，嘴邊的痣莫名教人移不開目光，色澤柔和的頭髮捲成蓬鬆的大波浪。纖細的手指交疊在身體前方，細頸子上低調點綴著小花項鍊。

「這是我死去的丈夫生前一直沒能種活的花，我無論如何都想讓它開放……」

用個不太委婉的方式說，就是典型的未亡人，實際上也真的是未亡人。

她輕輕觸摸項鍊墜飾的模樣，就連利瑟爾他們都不禁感受到謎之說服力。不過利瑟爾沒表現在臉上，只是露出讓對方安心的微笑。

「雖然不確定能幫上多少忙，但我們會盡力協助妳的。」

「謝謝你們。」

她放下心來似的呼出一口氣，往工作檯後方走去。

順帶一提，他們三人剛到訪的時候，她一看見利瑟爾就睜大眼睛，緩緩將視線轉向劫爾和伊雷文，然後露出婉約的笑容問：「請問想找什麼樣的花呢？」不愧是敢委託冒險者的人，很有膽量。

「這要是被其他傢伙接到會很危險吧？」

「確實，會死纏爛打。」

劫爾和伊雷文悄聲這麼說著，跟在利瑟爾身後，隨著店老闆一起站在工作檯旁邊。你們剛才說了什麼嗎？利瑟爾納悶地回頭，兩人搖搖頭表示沒什麼。在他們面前，老闆取出一個花盆，擺在工作檯上。盆中的土壤上，孤零零躺著一顆小指指尖那麼大的種子。

「就是這顆種子……」

「只看外觀果然無法獲得什麼訊息呢，雖然這也不意外。」

利瑟爾透過閱讀認識了不少花草，但只看種子實在看不出個所以然，也無法確定是既存的品種還是新種。種子本身是橙色，形狀是正球形，感覺不太常見，但也找不出什麼特徵。

「你們呢？」

「沒見過。」

「感覺很難吃。」

劫爾和伊雷文也一樣。對於委託經常需要的藥草、食用野草，他們擁有相關知識，但對於花朵就一無所知了。

「這個確定是來自魔力點的種子嗎？」

「魔力點是……？」

「啊，不好意思。我的意思是魔力聚積地。」

魔力點似乎不是主流的名稱，利瑟爾也是最近才知道。

劫爾一開始也沒聽懂。不過和魔法師或是他們的隊友交談的時候，講魔力點通常都能溝通，因此應該不是只存在於利瑟爾原本世界的名稱，比較接近專業術語。一般人在生活中根本不會接觸到魔力聚積地，這也是當然的。

「我想應該不會錯。」

「為啥？魔力聚積地不是不能進去嗎？」

伊雷文這麼問道，也不管自己就是那個闖進魔力聚積地，還在那裡遇見妖精的人。他這麼問倒也不完全是找碴，只是想不到除了利瑟爾使用的方法之外，還有什麼管道進入魔力聚積地。

「那個，我先生很喜歡去尋找沒有見過的花……」

「這麼說來，店裡確實有很多罕見花卉呢。」

「是的。丈夫帶回來的花草，會交給我來繁殖。」

利瑟爾環顧店內，有稀有的花朵，也有完全沒見過的品種。

除了常見花卉以外也備齊了豐富的品種，這是她和死去的丈夫努力的成果吧。

「我先生對於花草很有熱情，這顆種子也是從魔力聚積地外面，用這麼長的網子採集到的。」

她把雙手的指頭併攏，比出一個約等於肩寬的長度，不過網子肯定不止這麼長，肯定是用了幾公尺、甚至十幾公尺長的網子。想像有人拚命把這種東西伸進魔力聚積地的情景，實在非常詭異。

不過用這種方法，確實能採集魔力聚積地的植物。雖然完全無法控制會採到什麼東西，一不小心還可能被魔力豐沛的魔物襲擊，能在這種情況下採到種子實在非常幸運……不過他可能也只是不斷嘗試到採集成功為止就是了。

「我聽說冒險者會狩獵魔力聚積地的魔物，到過距離魔力聚積地比較近的地方。」

「所以妳才提出了委託呀。」

「是的，希望能打聽到一點情報。」

看見她探詢的眼神，利瑟爾「嗯」地點了一下頭。

連花店老闆都沒見過的種子，多半是新品種，而且就連成功繁殖過陌生植物的她也束手無策。既然如此，或許和魔力聚積地特有的環境有關。

「不過，我們在魔力聚積地也沒有看到特別奇特的植被呢。」

「咦？」

「頂多看起來特別有活力而已吧？」伊雷文說。

「那個……」

「我們的知識也沒豐富到能分辨新品種。」劫爾說。

「……呃、請問……」

聽見店老闆疑惑的聲音，利瑟爾有趣地瞇起眼笑了。

「我們進到魔力聚積地探索過。」

「…………咦？」

老闆瞪著眼睛僵在原地。算準了她差不多恢復神志的時間，利瑟爾低頭看向花盆。

那顆橙色的種子還是一樣，孤零零躺在土壤上。

聽老闆說，自從取得這顆種子之後已經過了五年。不過種子沒有乾枯的跡象，表面仍然飽滿又光滑，彷彿隨時都會冒出新芽一樣，種子本身看起來沒什麼問題。

「我們對園藝不太熟悉，必須請妳多多指導了。」

「好的，當然沒問題。」

老闆稍微露出笑容點頭說道，或許從一開始就是這麼打算。

「能請妳列出一般種子發芽必要的條件嗎？」

「這個嘛……大致上是土壤、水分、光線吧。」

伊雷文伸出手戳了戳種子，它的外皮堅硬，並未因此凹陷。

「提到它不生長的原因，我只能想到魔力不足這一點了。」利瑟爾說。

「聚積地的魔力真的很濃嘛。」伊雷文說。

「我也這麼想，所以試過了各種方法，不過結果……」

花店老闆垂下眉毛，輕輕呼出一口氣，看著沒有綠意的花盆。利瑟爾目不轉睛地打量著她，微微偏了偏頭，立刻又把思緒轉回委託上。

魔力聚積地中的世界充滿鮮艷色彩，時間彷彿暫停在萬物的全盛時期。草木勃發，土壤閃閃發亮，水散發著青藍色的光輝，清澈見底。從中看不出魔力以外的任何影響。

「嗯，我們把原因局限在魔力，思考看看吧。」

「我知道了。」

老闆點點頭。利瑟爾朝她微微一笑，朝花盆伸出手，指尖觸碰土壤。

豈止是種花蒔草，利瑟爾甚至沒玩過沙，動作顯得不太可靠。來到這邊之後，就連採集藥草的時候弄髒一點指尖，對他來說都是新奇的經驗。手法好笨拙啊——在劫爾他們這樣的目光下，利瑟爾有點開心地捏起一撮土壤。

「首先從土壤開始，嗯……」

他不知該從何下手。

利瑟爾看向劫爾，劫爾蹙起眉頭說「我哪知道」。

利瑟爾接著看向伊雷文，伊雷文露出笑容搖搖頭。

花店老闆看了也猜得到怎麼回事，於是貼心地用溫柔又沉穩的聲音為他們解說。

「這個盆栽基本的土壤調配和其他花卉一樣，模擬了採集地點，也就是魔礦國森林裡的土壤。」

「是那邊啊。」

「那不是正好嗎！」

正是利瑟爾他們去過的那個魔力聚積地。

那裡有這麼奇特的花嗎？三人在記憶中回想，花店老闆繼續說下去。

「當作肥料的魔石大致是以土四、水二、火一、風一的比例調配，都使用了比較強的配方。」

無論人或植物，體內當然都有魔力在流動循環，除了戰奴以外。

這和使用魔法時消耗的魔力不同，是生存必須的魔力。鮮少有人在日常生活中意識到它的存在，但農家都知道這是他們賴以為生的命脈。配合不同的地區和天候，他們把磨碎的魔石混入土壤，比例完全憑感覺，也可以說是一種經驗累積的直覺。

「這個比例是妳調配的嗎？」

「是的。不過這也只是利於栽培其他各種花卉的通用配方而已……」

「怎麼試它都不發芽也很傷腦筋欸。」

擁有這方面技術的花店老闆親自調配，土壤應該沒問題才對，應該吧。利瑟爾他們太外行，只能全盤肯定老闆的做法，遇到善良又博學的委託人真是太好了。

根據老闆的說法，「比較強的配方」也只是使用魔力量較多的魔石而已。雖然不清楚實際品質，不過魔石也分成許多等級，她能夠準備的應該是「培養特殊花卉用的，品質稍微好一點的魔石」吧。

「啊，妳試過綠葉石嗎？」

「試過一次，但它沒有生根……」

這還真棘手，利瑟爾環顧店內的花朵尋找靈感。在他身後，劫爾和伊雷文聽見綠葉石想起了某段回憶，一人無言地別開視線，另一人掩住自己毫無血色的臉。

這是怎麼了？在納悶的老闆身邊，利瑟爾想起什麼似的翻找腰包。

「總而言之，先把可能有用的東西拿出來吧。這是綠葉石……」

苔綠色的玻璃球在花盆旁邊骨碌碌滾動。冒險者怎麼會有綠葉石呢，老闆瞪大眼睛。綠葉石雖然不是稀有物品，但市面上買不到，只有向冒險者提出委託才能取得。冒險者接取委託之後取得的綠葉石，應該也都交給委託人了。

這還沒完，她困惑的眼中映入了更驚人的東西。

「魔石也用強一點的，炎屬性和……」

「……？」

店老闆目不轉睛地盯著那顆「叩」一聲輕碰綠葉石的魔石。

她懂得精細調配魔石比例，憑經驗就能掌握魔石裡大概的魔力量。但即使是她，也只能說眼前這顆魔石蘊藏的魔力強大得出奇。

她從來沒見過這種東西，應該只有特別厲害的大商人才拿得到這種貨吧。在她這麼想的時候，利瑟爾想起什麼似的抬起臉。

「啊，不過只增強火屬性不行呢。」

「是、是的。」

「那還缺土、水、風？」伊雷文說。

「拿去。」劫爾說。

劫爾二話不說拿出三種魔石。

利瑟爾也不覺得驚訝，習以為常似的接過那三顆魔石。伊雷文也探頭過來看，利瑟爾把魔石放在掌中轉了幾圈，確實和他持有的火魔石品質相當。

「這是哪裡來的呀？」利瑟爾問。

「和你那顆一樣，精靈之王。」

「啊？牠不是全身都是火嗎？」伊雷文說。

「會隨機改變。」

真的假的好想看喔，伊雷文興味盎然地說著。利瑟爾道了謝，將那些魔石擺在炎之魔石旁邊。就像火屬性的上位被稱為炎屬性一樣，這三顆也是足以稱為岩、冰、嵐屬性的強大魔石。順帶一提，上位的名稱只是俗名，嚴格來說無論再怎麼強大都仍然是火、土、水、風屬性的魔力，這是人們為了方便區分而取的名字。

「接下來只要把它們磨成粉……劫爾。」

「幹嘛叫我。」

「咦？」

「啊？」

「那個，店裡有器材……」

伊雷文憋笑憋得渾身發抖，站在他身邊的老闆指向放在工作檯一角的器材。

外觀看起來像個附有把手的金屬箱子，比他們在某藥士那裡看過的機器更小，方便攜帶，不過一次只能磨碎一顆魔石。

箱子下方放著一個小廣口瓶，磨碎之後的魔石粉末會掉進瓶子裡。

「我想磨——！」

「那麼伊雷文，就麻煩你了。」

先前都是劫爾在磨，這次他想表現吧。

伊雷文意氣風發地把魔石固定在機器上面的洞口，樂在其中地開始轉起手把。雖然一次只能磨碎一點點，但手把轉起來比藥士那裡的機器輕鬆太多了，有了這個工具，花店老闆纖細的手臂也有辦法把魔石磨碎。

至於老闆本人，她看著粉末一點一點落入瓶中，終於取回了正常思考的能力。

「綠葉石直接放進花盆就可以了嗎？」利瑟爾說。

「你怎麼會不知道啊。」劫爾吐槽。

「書上沒寫得那麼清楚呀。」

利瑟爾透過眾多的研究書籍得知綠葉石的存在，但是研究書這種東西只有熟知該領域的專家才會閱讀，基礎知識被視為理所當然的常識，因此不會特別著墨。

「不是的，這個要簡單敲碎之後使用。有些人會完全用它代替土壤，也可以鋪在土壤上方……啊、不對，這怎麼可以……」

老闆握緊了擺在胸口的那隻手，慌張地開口：

「我不能收下，這是很貴重的東西吧？」

「沒關係，追溯起來這也算是免費的了。」

伊雷文覺得這麼說也沒錯，劫爾則覺得這是說話的藝術，兩人都毫不介意地表示贊同。不過對老闆而言，這不是能輕易收下的東西，她張開淡紅色的嘴唇，還想再說些什麼。

這樣是不行的——她垂著眉這麼說的模樣，激起旁人的保護慾。這時候有哪個男人說得出「那還是算了」這種話呢，利瑟爾察覺自己庸俗的想法，有趣地笑了出來。不過即使不是如此，他也不打算撤回前言。

「真的沒關係的。」

「可是，委託……」

「我們只是以自己希望的方式達成這個委託而已。」

利瑟爾認為這也是一種緣分，需要的時候他不介意把東西送給別人。現在他只是在能力所及的範圍內嘗試完成委託，說得極端點，這就和為盆栽澆水沒什麼兩樣。

「還是說，我們忍著不要做自己想做的事情比較好呢？」

聽見他打趣地這麼問，花店老闆就不再說話了。

她放鬆了緊繃的肩膀，微笑道謝，利瑟爾也瞇起眼笑了。太好了、太好了，他從工作檯上拿起幾顆綠葉石，直接遞給劫爾。

「來，劫爾。」

「……」

劫爾心裡想著「不要理所當然地覺得我能捏碎它好嗎」，一邊握住石頭，隔著手套使力。「劈咔」一聲之後，隨著拳頭逐漸握緊，接連響起石頭碎裂聲。

「大哥太猛啦——」

「謝謝你。」

利瑟爾面不改色地接過碎石。劫爾雖然很想抗議，但顧慮到老闆還傻在原地看著這裡，還是作罷了。在利瑟爾剛才那段「我們只是在做自己想做的事情」的發言之後，實在不好抱怨。

「隊長我磨好了！」

「全部嗎？」

「全部！」

伊雷文拿起裝滿魔石粉末的瓶子。不同顏色的魔石在瓶中各自分層，它們鮮明反射著日光閃閃發亮，看起來和魔力聚積地的土壤非常相似。

他們把瓶子交給老闆，讓她把魔石粉末混進土壤。在三人的注視之下，她先把盆栽裡的土倒進淺盤，把魔石粉撒進盤內，再以鏟子拌勻。

「魔石磨成粉末之後，魔力不會很快散逸嗎？」利瑟爾說。

「是的，我已經用了專門的花盆，但保持一個月大概是極限了。」

「要是到那時候還沒發芽，就要全部重來喔？」伊雷文問。

「這點應該沒問題。你想想看，在你的故鄉也是類似情況呀。」

「喔——」

阿斯塔尼亞的森林裡有著移動型的魔力聚積地，但即使它改變位置，也沒聽說過原所在地的草木會因此枯萎。可見種子發芽之後，應該就不需要龐大的魔力了。

花店老闆把土填回花盆，在上頭鋪滿碎綠葉石，然後放上花種。不可思議的是，土壤的光輝看起來好像在往種子流動一樣。

「喔，感覺不錯欸。」

「還不錯。」劫爾說。

「感覺很順利呢。」

雖然不知道背後的原理，但看起來感覺相當不錯，三人滿意地看著花盆。

花店老闆也目不轉睛地低頭看著種子，睜大的雙眼微微閃動。

「那麼，接下來就是水了。」利瑟爾說。

「是、是的。」

聽見利瑟爾的聲音，那雙眼睛立刻恢復原狀。

「這次我們用最單純的方法吧。」

「咦？」

在她視線的另一端，利瑟爾從腰包取出一個瓶子。

在密封的瓶子當中，帶著明顯青藍色的水微微晃動。它很美，清澈而透明，明亮得好像水本身蘊藏著光芒一樣。

「這些水取自魔力聚積地的河川。」

「這麼說來，確實看到你在取水。」

「喔——是那時候的水？」

花店老闆不管看到什麼都不會再感到驚訝了。不，她確實很驚訝，不過也能坦然接納眼前的事實。眼中浮現讚嘆的色彩，她呼出一口氣，著迷似的看著瓶子。

「它一直沒有用處，這次能派上用場太好了。」

「不是給賈吉看過了嗎？」

「他說這確實很珍貴，但用途不明。」

「你為什麼一直留著這種東西……」

說著有點煞風景的話，利瑟爾打開瓶蓋。

到底能不能用呢？利瑟爾仔細往瓶子裡看。請賈吉鑑定的時候，他雖然把這些水換裝到了密封的瓶子裡，魔力還是比剛取水時散逸了一些。不過看起來並沒有變質，魔力量也相當足夠。老實說，在這之前他把這瓶水丟著，都忘了還有這東西。

「這瓶水可以使用嗎？」

「請借我看看。」

老闆接過瓶子，纖細的指尖觸碰水面，在水裡攪了一圈。

「可以的，應該沒問題……那個，能讓我使用嗎？」

「請用。」

不過……劫爾和伊雷文心想，光看他們目前提供的素材，這委託排在A階或S階都不奇怪。但他們只是不以為意地想著「好像哪裡怪怪的」，價值觀也正常不到哪去。

老闆從花盆上方傾斜瓶子注水，避開中央的種子。水一澆下，魔石混在土壤中的亮光明顯增強，穿透鋪在最上層的綠葉石散發出來，就像在告訴他們找到了正確答案。

「感覺越來越有趣了欸。」

「我也這麼覺得。」

利瑟爾和伊雷文滿懷期待地湊過去看著花盆。

這種彷彿解開迷宮裡的謎團的視覺效果，以及心跳加速的感覺，太棒了。

「那麼，接下來就是光了。」

「但這也無從下手吧。」劫爾說。

「話是這麼說沒錯……」

在魔力聚積地裡，灑落的也是同樣的太陽光。

和其他植物一樣，只能把它放在日照良好的地方了吧。花店老闆苦惱地將手放在臉頰邊，多半也想到了同一件事。利瑟爾一開始看見這花盆的時候，它也放在照得到日光的窗邊，或許是考慮到種子原本生長在森林裡，照射在上頭的是透過綠色窗簾的陽光。

「那時候不是看到森林裡閃閃發亮嗎，那是啥啊？」

「那是魔力形成的霧氣……啊，也有可能它需要透過魔力的光線呢。」

「這有關聯？」劫爾說。

「也可能沒有就是了。」

不過面對未知的時候，人們總得反覆經歷失敗，才能夠抓住成功的機會。

種子原本就生長在魔力聚積地，因此過多的魔力不可能對它造成損傷。只能試試看了，利瑟爾點了個頭，再次轉向在一旁看著三人討論的花店老闆。

「請問有能夠覆蓋整個花盆、把魔力封在內部的罩子嗎？」

「罩子……」

「可以的話，希望尺寸不要太大。」

「我知道了。店裡應該有，我去找找看。」

罩子太大的情況下，要提升魔力濃度將會相當困難。

利瑟爾說完，老闆就走進店舖深處去了。過一會兒，她帶著一個透明玻璃罩回來，大小正好能覆蓋一個花盆。

「這個可以嗎？」

「沒問題，謝謝妳。啊，前側也可以打開呢。」

玻璃罩前側是一扇對開的門，正中央有個小金屬零件可以扣上，用來注入魔力正好。把花盆放進罩子裡面，看起來還挺有模有樣的。

「接下來就是注入魔力了。」利瑟爾說。

「你的魔力夠嗎？」劫爾問。

「不曉得呢，看這大小應該勉強可以。」

要重現魔力聚積地的魔力濃度，必須注入相當多的魔力。他無法想像究竟需要多少，只希望盡量接近當地的濃度就好，利瑟爾邊想邊把玻璃罩打開一個小縫。

在周遭眾人的目光之中，他把手罩在縫隙上，把魔力……

「……我不知道怎麼弄耶。」

「啥?!」

「像平常那樣啊。」

「可是平常不是都有個目標物嗎。」

注入魔石或魔道具，或者是發動魔法。這些情況下，魔力總有個目的地，也能描繪出明確的路徑，利瑟爾從來沒試過把魔力漫無目的地釋放到空氣中。

「伊雷文，你會嗎？」

「嗄？欸……這樣嗎……嘿！」

「放出來了嗎？」

「完全出不來。」

「這是在幹嘛……」

在花店老闆坐立難安的視線中，利瑟爾和伊雷文與空氣魔力搏鬥了一陣子。

途中，她的視線悄悄飄向旁觀的劫爾，想必是疑惑這個人為什麼這麼事不關己吧，這也是很自然的疑問。不過她對於魔力也不熟悉，因此立刻說服自己這種事沒什麼好奇怪。

「啊，好像出來了欸。」

「你是怎麼做的？」

「像這樣，從手上滋滋滋、滋滋滋滋地放出去……」

冒險者當中，「魔法全靠感覺」的人占了絕大多數。

伊雷文也不例外。利瑟爾是完全理論派，直接敗給了這段感覺派的說明，聽完什麼也沒聽懂。要是伊雷文魔力量夠多，利瑟爾會直接交給他來，但伊雷文的魔力量非常一般：在獸人當中算多了，但不足以重現魔力聚積地。

因此，利瑟爾努力從伊雷文口中問出情報，又奮鬥了五分鐘，終於學會了釋出魔力的方法……雖然即使他學會了，多半也沒有第二次使用的機會。

「劫爾，久等了。」

「囉嗦。」

「大哥久等囉。」

「閉嘴。」

特地跟他說一聲顯然話中有話，劫爾看見他們倆的笑容皺起臉來。

「好，那我要開始囉。」

「好的，拜託你了。」

「隊長加油——」

「別弄到魔力不足啊。」

利瑟爾的手掌蓋住縫隙，往玻璃罩內注入魔力。

只能一點一點慢慢釋出，感覺得花一段時間——聽他這麼說，花店老闆替他們泡了花草茶。這裡沒有椅子，不過三人也不介意，就這麼站著品嘗風味有點特殊的紅茶。

五分鐘後。

「我的手掌刺刺的。」

「這不是魔力中毒了嗎。」

這是魔力順利累積的證據，雖然只有手掌受到影響，但實在不太舒服。

「要包著之前那種布試試看嗎？」伊雷文問。

「不用了，感覺會影響魔力釋放。」

「那個，請不要勉強……」

「別擔心，這沒什麼大礙。」

再過五分鐘，玻璃罩內部終於起了淡淡的霧。

必須仔細看才看得見，不過已經足夠了。利瑟爾判斷無法再提高濃度，於是停止釋出魔力，迅速關上玻璃門。正要扣上金屬鎖的時候，劫爾的手從旁伸過來，替他完成了最後的步驟。他的手很麻，所以真是得救了。

「謝謝你。」

「嗯。」

「這就是魔力聚積地的……」

看見利瑟爾神色如常，花店老闆鬆了一口氣，打量著玻璃罩。

七彩的霧氣時隱時現，靜靜搖曳。或許是和土壤中的魔石產生了反應，霧氣在玻璃罩中上湧，開始閃閃發亮。

「希望這能讓種子發芽。」利瑟爾說。

「一定要過好幾天才能知道嗎？」伊雷文問。

「確實有些種子，只要湊齊了所需條件立刻就會發芽……」

她話才說到一半。

「喔！」

這時候，在近處看著種子的伊雷文發出聲音。

所有人往那邊看去。劈啪，種子的表皮產生細小裂痕，看起來不像是失去了生命的活力。內部彷彿有什麼東西將外皮撐破一樣，所有人看了都心想，說不定真的成功了。

「…………！」

花店老闆屏住氣息。

死去的丈夫辛苦取得，一直無法成功栽培的這朵花……現在的自己，是否能實現他唯一留下的夢想呢？如果真的可以——她祈禱般握著的雙手開始發顫，眼睛眨也不眨地緊盯著種子，看它表皮的裂痕逐漸變寬，橙色的雙葉緩緩探出頭來，然後……
「嗯，成長到這個階段，就不會枯萎了吧。」
「隊長?!」
利瑟爾伸出手，打開了玻璃罩子的門。
「咦？」
老闆呼出一口氣，和安心的嘆息也有幾分相似。
「啊，我頭好暈喔，超暈的啦！」
「好想砍東西。」
「我也全身都刺刺的。」
感受到玻璃罩裡溢出的魔力，他們你一言、我一語地吵鬧起來。這種濃度的魔力發散後就沒什麼大不了，他們也只是嘴上開開玩笑，魔力中毒的症狀很快就會消失了。
花店老闆卻靜靜放開緊握的雙手，茫然站在原地。沒來出地，她鮮明地回想起不在人世的丈夫，他的臉龐接連浮現在腦海，有點悲傷、有點寂寞，又令人如此眷戀。
「這麼一來，就找出讓種子發芽的方法了吧。」
「那、個……」
「想看它開花的時候，請妳找人往這裡面注入魔力就可以了。」
利瑟爾微笑這麼說道。她仍然沉浸在與丈夫的回憶當中，幾乎是下意識地點了頭。花店老闆目送那道高潔的背影伴隨著兩人離開，紅髮男子吵鬧著問為什麼、為什麼，黑衣男子則一臉無奈。

她動了動雙唇，喃喃說出感謝的話語，朝著三人深深彎腰鞠躬。

「（我看起來，還那麼捨不得嗎？）」

直到利瑟爾他們的身影消失不見，她才這麼想著直起身體。懷著鬆一口氣的心情，她輕輕撫摸玻璃罩，低頭往下看，那顆種子在盆中伸展著生機蓬勃的雙葉。

自從丈夫找來這顆種子，已經過了五年；從他先一步離世已經過了三年，而自從一名男子提出想與她交往，也已經過了一年。對方笑著說，我會一直等到妳調適好心情。直到現在，那人還是每週至少會到店裡一次，跟她買一朵花，是個溫柔心善的男人。

時間或許也差不多了。於是她提出了委託，心想如果能讓這朵花開放，自己就能夠收拾好上一段感情。這時候她選擇委託的，卻是成功機率微薄的冒險者——現在注意到自己真正的心聲，她自己也覺得好笑。

「看來我還想繼續思念你呢。」

她眼中泛淚，眷戀地綻開雙唇，露出美麗的微笑。

「因為我看她好像還在猶豫。」

走在前往公會的路上，利瑟爾這麼說。當他告訴花店老闆自己不知道種子為什麼不發芽的時候，她鬆了一口氣，在種子發芽時也露出動搖的眼神，利瑟爾猜測她一定還在迷惘。

所以，最後他把選擇權交給她。

「嗄，都提出委託了還在猶豫？根本是給人找麻煩嘛。」

花店老闆說那是死去丈夫的遺物，一定有特殊的意義吧。

但伊雷文卻毫不留情地回應，彷彿在說「這干我啥事」，利瑟爾若有所思地開口：

「我也不曉得她讓這朵花開放，到底是想為上一段感情劃下句點，還是想作好繼續思念丈夫的覺悟。不過，嗯……」

利瑟爾回想著那個經營花店的女子。

他們初次見面就覺得她相當有魅力，這並不只是因為俗稱的「未亡人氣場」，而是因為她憂傷的雙眼中，蘊藏著願意接受任何結果的覺悟。

「一旦花開，我想她真的會下定決心的。」

「居然把這麼重要的事情交給別人決定喔。」

「就像踢鞋子占卜天氣，或者是在岔路口靠著樹枝決定方向那樣吧。」

「喔——這樣好懂多啦。」

由於利瑟爾察覺了她的心思，所以事情變得複雜了些，不過委託人打從一開始就對利瑟爾他們沒有任何特別要求。這只是一個契機，她只是把心交託給外在的現象而已。

而且……利瑟爾有趣地笑了。

「假如自己一個人難以抉擇，那就應該向外求助呀，即使是和自己內心相關的事也一樣。」

他摸了摸伊雷文臉頰上的鱗片表示安撫，等到放開手的時候，伊雷文臉上賭氣的表情已經換成了笑臉，看來從一開始就不是真的在鬧脾氣。

「而你就冷漠地把這個責任推回去給她了。」

劫爾哼笑一聲。怎麼說得這麼難聽，利瑟爾露出苦笑。

不過劫爾說得確實沒錯。她一定想為這段感情劃下休止符，同時一定也不希望它結束吧——察覺到這點的時候，平時會毫不介意地完成委託的利瑟爾避免了這麼做。

「畢竟我的歷練不足，配不上她的覺悟。」

「她也沒要求這些吧。」

「話是這麼說沒錯。」

既然都注意到了，這也沒辦法。

利瑟爾不曾墜入情網，但也非常理解思慕一個人是什麼樣的心情。可是，他並不曾失去過這樣的感情。到了那個時候，自己會怎麼做，又會如何收拾自己的心？他也能像那位委託人那樣，作好覺悟接受任何形式的休止符嗎？

身為一個連這個問題都答不出來的人，她的決心實在太過耀眼。

「不過這樣我們的委託就失敗了欸。」

「沒有失敗喲。」

「嗯？」

「你仔細回想一下。」

聽見利瑟爾這麼說，伊雷文仔細回想這次的委託內容。

委託人想讓花開放，上面應該是這麼寫的吧，那麼花沒開不就等於失敗了？委託內容應該是要求冒險者提供資訊……

「……啊。」

「對吧？」

利瑟爾揶揄似的瞇細雙眼，劫爾也察覺了這是怎麼回事，無奈地嘆了口氣。

委託單上從頭到尾都沒寫說要讓花開放，只要求提供情報、集思廣益而已。而且也沒註明提供的方法必須確實有效，更沒說無效就不給付報酬。無論是誰接下委託、做了什麼，都能夠成功完成委託。

「欸……連這個都是她算好的喔？」

「富有魅力的女性，必然有她們不可小覷的地方呀。」

正因如此，才顯得這麼有魅力。

但真讓人細思極恐啊，三人這麼聊著，繼續往公會走去。

那口古老的水井如今已無人使用，上面覆滿了綠色藤蔓。在古井旁邊那間花草盛放的店裡，她今天也露出有些縹緲的笑容，為來店的客人遞上美麗花朵。收下花朵的那位男性溫柔地說，正因為妳是這樣的人，所以我才愛上了妳，無論多久我都願意等待。

窗邊擺著一只花盆，裡頭探出的橙色雙葉被朝露沾濕，在日光下閃閃發亮。

156

在外面吃完午餐之後。

利瑟爾正往旅店走，這時看見了熟悉的背影，於是加快腳步。那人和利瑟爾一樣沒穿裝備，不過一如往常穿得一身黑，打扮有點隨興。

一定是注意到他了，對方放慢腳步回過頭來。利瑟爾見狀微微一笑，喊了他的名字。

「劫爾。」

「嗯。」

兩人並肩邁開腳步。

「你吃過午飯了？」

「是啊。」

「接下來有什麼安排？」

聽見利瑟爾這麼問，劫爾斜眼打量他。是有什麼想去的地方嗎，或是想做什麼事？只要情況允許，利瑟爾獨自一個人也能隨處閒晃，光是他跑來確認自己的行程，劫爾多少就能猜到他想做什麼。

既然沒穿裝備，表示和冒險者的工作無關。除此之外，需要劫爾的場合有限。

「我想去地下商店。」

「有你想買的東西啊？」

猜對了，劫爾心想。在他面前，利瑟爾有點高興地開口：

「就是你常去的那間商店呀。」

「這麼說來，她們好像交代過。」

「是呀，我想說時間差不多了。」

他們在富麗堂皇的娼館遇見的那對雙子佳人，經營著自己的古董店。

前往阿斯塔尼亞之前，利瑟爾也曾經拜訪她們的店鋪。他遵照她們嬌艷的雙唇在娼館賜下的命令，真的徵求了劫爾的許可才去。撒嬌大成功。

在擺滿古董品的小店裡，利瑟爾找到一本褪色的古書。仔細一看，那似乎是雙冊套書的其中一本，於是他問老闆另外一本放在哪裡。

「請問和這本成對的另外一冊，這間店裡有賣嗎？」

「沒有呢。」

「不知道它還有另一本呢。」

「原來湊兩本它才完整呀。」

「和另一半分開好可憐喲。」

於是，她們告訴利瑟爾過一陣子再來。

她們沒答應幫忙找，也沒說會賣給他，不過應該會湊齊另一本吧。不是為了利瑟爾，而是為了讓兩本書可以待在一起，理由一定就是這麼單純。

所以，利瑟爾也不奢求買下它們，只求能看見兩冊成對的樣子就好。

「回到這邊之後，好幾次我也想去拜訪，可是……」

「店沒開？」

「對呀，沒開門。」

那間古董店開或不開，全看店老闆，也就是那兩位美麗雙子的心情。先前時間都不湊巧，錯過了上門的機會。順帶一提，古董店有沒有開門，利瑟爾是拜託精銳盜賊去調查的。他也不清楚他們的調查手段，不過精銳們似乎一次也沒有成功踏進過店門。

「所有精銳盜賊好像都被她們討厭了。」

「那是當然的吧。」

「聽說先前他們一走進店裡，老闆立刻宣布關門。」

「我們今天真的進得去嗎……」

兩人將目的地從旅店換成後街，走進稍稍偏冷的空氣當中。

穿過幾條狹窄的巷弄，不時鑽過遮擋前路的布幔，兩人來到有著乾涸噴水池的小廣場。

這個每到夜晚總是異常熱鬧的場所，在白天就像發條生鏽一樣，充斥著冷清的氣氛。有零零散散幾間鋪著地毯的路邊攤，但也不知道老闆是生是死，他們或坐或躺，全都一動也不動。

但是每當有人經過，他們總會抬起陰鬱的臉孔，不曉得想討要什麼。劫爾只消一瞥，他們就散發出放棄的氣息，再一次恢復成靜止不動的狀態。估算不出力量差距的人，不可能在地下世界活得長久。

「從那次尋人委託之後，就沒再來過了呢。」

「啊……你說有女人被殺害那次。」

「雖然我也沒有看見現場。」

委託內容是尋找某貴族家的千金大小姐。

一方面也是因為想到巷弄深處散步的關係，利瑟爾接下了這個委託，最後卻迎來搜尋對象慘遭殺害的驚人結局。雖然利瑟爾他們得知這件事，也沒有表現得特別驚慌失措就是了。伊雷文聞到血腥味，於是先到前面探路，他探頭往房裡一看，只是「哎呀」一聲，對他們搖了搖頭，就這樣罷了。

「最後不曉得抓到兇手沒有。」

「抓不到吧。」

「也是呢。」

利瑟爾他們向公會如實報告，由公會轉知憲兵之後，憲兵對他們進行了簡單的偵訊，瞭解當時的情況。但除此之外，憲兵想必不會有更進一步的動作。

這種事在地下社會並不少見，再加上遇害者的雙親也想掩蓋實情，真相被揭露的那一天是不會到來的，憲兵應該覺得很沒面子吧。

「發生那種事居然稀鬆平常，還真危險呢。」

「也不算平常吧，只是旁邊沒人，所以沒引起騷動而已。」

「原來。」

利瑟爾點點頭，踏進難以容納兩人並肩通行的狹小巷弄。

「這麼說來，那時候伊雷文不是說有間情報販子聚集的酒館嗎？」

「情報販子的水準也很參差不齊的。」

「我想交易一次看看。」

「你不需要吧。」

「是這麼說沒錯。」

兩人不著邊際地聊著，在走了一小段時間之後看見了目的地。

那是一道在小巷裡隨處可見的木門，第一眼很難看出是店面。近處不亮的街燈底下掛著一面小招牌，只有這塊刻著店名的牌子標示著這扇門就是商店入口。基本上，這裡也不是未經介紹的陌生客人能來的店。

「店開著。」劫爾說。

「太好了。」

劫爾推開門把。

門扇發出輕微的吱嘎聲打開，從比想像中更加厚實的門板後方，慢慢露出點著幾盞油燈的昏暗店舖。古董品擺滿了整個空間，反映著油燈的顏色閃閃發亮。

「哎呀，好久不見呢。」

「真是好久不見了呢。」

她們並肩坐在店舖深處。

一模一樣的臉上，浮現出一模一樣的艷麗笑容，她們鮮紅的唇瓣勾起弧度，臉湊著臉笑了。兩人頭上都長著貓耳，一位是摺耳、一位是立耳，這是她們倆之間唯一的區別。

柔美的身體後方，裹著黑天鵝絨般毛髮的尾巴悠然晃動。

「好久不見，雙子小姐。」

「聽說你去了阿斯塔尼亞。」

「你回來的事情也聽說了。」

嗓音像銀鈴般輕快的雙胞胎姊妹，在各方面的消息都相當靈通。

雖然好奇她們的情報來自哪裡，但她們在地下商鋪格調最高的娼館出沒，位階還高居最頂點，無論明面上還是暗地裡，肯定都不缺情報源。不過利瑟爾他們的動向早就傳開了，不必主動調查也會傳入耳中吧。

「你們接下了教會的委託對吧？」

「那裡有個很可靠的孩子對吧？」

在狹小的店裡，利瑟爾和劫爾一邊避開周遭的商品，一邊往她們走近。

雙子的目光追隨著他們移動，忽然在這時抬起眼起了話頭。她們隔著張桌子緊盯著利瑟爾他們，眼睛眨也不眨，彷彿在視野內捕捉到獵物的猛獸。自己是不是做了什麼惹惱她們的事情？利瑟爾定定回望那兩對異色眼眸，微微一笑。

她們的性情捉摸不定，心情也會在轉眼間輕易改變。

「如果兩位說的是禮儀端正的那位姊姊，我們確實受她關照了。」

那次教會委託的委託人是一對姊弟，從「很可靠」這個形容詞，利瑟爾猜測她們說的應該是姊姊。兩雙嬌艷的紅唇加深了笑意。

「是呀，那孩子從以前就是這副德行。」

「對我們兩個也念東念西，很囉嗦呢。」

「她非常可靠對吧？」

「是個好孩子對吧？」

緊盯著兩人的貓眼中，又大又圓的瞳孔逐漸縮緊。

「所以，要是對她做出什麼過分的事情可不行喲。」

她們露出蠱惑的笑容，拋出這句忠告。利瑟爾有趣地笑了開來。

居然叮嚀他們不許出手，自己在她們眼中就這麼輕浮嗎？同樣被警告的劫爾也皺著臉，似乎覺得這是多餘的提醒。她們想嚇阻的或許是伊雷文吧，畢竟是她們最討厭的精銳盜賊的頭領。

「我已經做出過分的事情了。」利瑟爾說。

「哎呀，真是個壞孩子呢。」

「居然會做出過分的事情。」

利瑟爾想起自己喝醉酒、放棄委託的事，他對此也深深反省。

不過雙子應該不會為此不高興，說得直白點，這只是冒險者與委託人之間的問題，她們沒有理由事後跑來抱怨。最好的證據就是，利瑟爾他們和雙子之間只有說笑般輕鬆的氣氛。

「不要緊的喲，那孩子一點也不介意呀。」

「反而還因為報酬被退回而不好意思呢。」

委託結束後，利瑟爾帶著禮盒，針對放棄委託的事情去向那對姊弟致歉。

當時也一併退還了先前收下的委託報酬，因為劫爾明明說過不需要支付報酬，那對姊弟還是按照原定金額，透過公會付了錢給他們。當然，利瑟爾事先徵求過兩位隊員的同意。

雖然想過這麼做反而會讓那對姊弟過意不去，但利瑟爾也有不能讓步的理由。

「聽兩位這麼說，我心裡也輕鬆了一些。」

「你還在介意啊。」劫爾說。

「要是委託人覺得不滿意，那不是很抱歉嗎。」

雖然登門道歉的時候，對方也告訴他說完全不介意，但從第三者口中聽到的安心感還是不一樣。

「這麼說來，她說似乎透過你們的委託完成了什麼事。」

「好久沒看到那孩子這麼開心的表情了，是什麼事呢？」

雙子忽然想起什麼似的面向彼此，兩對耳朵垂下來思索，然後又慢慢豎回原位。細長尾巴的前端，往左右彎曲了兩、三次。

「啊，好像是……」

「降神。」

她們的異色瞳忽地轉向利瑟爾。

至於利瑟爾本人，聽見這出乎意料的詞彙，他有點驚訝地把手抵在唇邊思索，感嘆地眨了眨眼睛。身邊的劫爾則蹙著眉頭，他完全沒聽過這個詞。

「降神？」

「出現了非常罕見的詞彙呢。」

利瑟爾瞥了劫爾一眼。

這個詞語過於小眾，甚至在書籍上也完全看不到，利瑟爾還無法確認它在原本的世界和這一邊的定義是否有差異。既然從教會相關人士口中說出來，那麼或許沒有太大的差別。

「在我所知的範圍內……」

利瑟爾先表明自己也並非百分之百肯定，劫爾察覺他想表達什麼，於是點頭要他繼續說下去。

「首先，所謂的『神』是……該怎麼說呢，指的就是『超自然力量』。」

「啊？」

「完全聽不懂呢。」

「真是完全聽不懂呢。」

所有人都露出「請你解釋清楚一點」的表情。

即使這麼說我也沒辦法呀，利瑟爾露出苦笑。這不像描述具有實體的東西那麼簡單，也不是指涉特定事物的詞彙，要用語言表達出來還真困難。

「首先，教會是自然信仰對吧？」

「是呀。」

「在這個國家是大地信仰呢。」

「脫離了這種自然定律，超乎常理的力量或現象，教會就稱之為『神』。」

聽了利瑟爾概略的總結，雙胞胎姊妹偏著頭，劫爾則把眉間皺得更深。雖然沒有完全聽懂，但還是懂了個大概，至少可以繼續談下去沒有問題了。

「基本上，這是只有教會相關人士會使用的概念。」利瑟爾說。

「他們也信仰它嗎？」劫爾問。

「不，畢竟某種意義上它與自然完全相反……而且也沒有明確的信仰對象。」

這很難說，利瑟爾也陷入沉思。

說到底，所謂「自然定律」也是模稜兩可的概念。比方說，親眼見到超越人類認知的暴風雨的時候，應該把它視為自然的力量或是一種神明，也隨著地區差異而有所不同。在王都多半會視為前者，但他們也不會否定後者的說法；畢竟信仰的對象沒有自我意識，沒有必要顧慮別人的想法。

如果有地區把超自然定義為比自然位階更高的存在，或許有可能信仰它吧。

「還真複雜。」劫爾說。

「太抽象了，很難解釋清楚。」利瑟爾說。

「這所說的，就是奇蹟本身的意思囉？」

「有時會有不可思議的力量在運作呢。」

「沒錯，就是這種感覺。」

利瑟爾讚許地瞇細雙眼笑了，她們也開心地瞇起眼睛。

或許是想起教會那位以教師為本業的委託人吧。隨心所欲的雙子如今也和她保持來往，表示她們一定特別喜歡她。

「所以說，『降神』就是讓這種超自然力量降臨到身上的意思。」

「他們這樣說你，還真不得了啊。」劫爾說。

「到底為什麼呢？」

利瑟爾不記得喝醉酒的期間發生什麼事，納悶地這麼說，不過一臉無奈的劫爾倒也不是不能理解。教會姊弟親眼看見了利瑟爾進入貴族模式的瞬間，這是他們第一次目擊，加上時間點太過完美，產生這種誤會也是非戰之罪。

他們肯定沒想過，這只是個醉鬼在暴走吧。

「不喜歡難懂的話題。」

「好討厭念書喲。」

「那就說到這裡吧。」

美麗的雙胞胎姊妹鬧脾氣似的嘟起嘴唇。

這個詞要不是從她們珍惜的人口中說出來，她們倆也不會感興趣。萬一在還沒進入正題之前破壞她們的心情就不好了，利瑟爾立刻停止解釋，環顧店內。先前那本古書，記得是放在一張小桌子上。

「啊。」

利瑟爾看見兩本以厚重封面為特徵的古書疊放在一起，於是往那邊走去。皮革封面分別是群青與猩紅色，上頭刻著燙銀的書名。

「找齊了？」劫爾問。

「是呀。」

利瑟爾喜形於色，指尖若即若離地撫過封面。

劫爾也從他背後湊過去看，上一次只有群青色的那一本。

「對了，你之前很想要它吧。」

「我們成功讓它們團聚了嗎？」

「我能翻開來看看嗎？」

「請便。」

雙子這麼說完，就咬著耳朵說起悄悄話來，利瑟爾低頭把視線轉向書本。

他輕輕掀起猩紅的封面，翻過一頁、兩頁，視線慈愛地掃過紙面，在闔上書本的同時，目光又重新回到她們身上。

「確實是它沒錯。」

聽見他這麼說，雙子露出開心的笑容，利瑟爾也對她們倆露出柔和的微笑。

接下來……利瑟爾重新轉向她們。在這間商店，無論購買什麼都必須徵得兩位老闆同意，在這點上，總是能在這裡買到菸的劫爾可說是非常得她們歡心吧，說不定意外地是容易與貓親近的人。

利瑟爾打趣地這麼想著，正式展開了交涉。

「能把這兩本書賣給我嗎？」

「哎呀，要不要賣呢？」

「我不會讓它們失散的。」

「沒錯，這很重要喲。」

對方的反應平淡，不過看起來也不是完全無望。

感覺也可能只是故意吊他胃口，但那兩對貓瞳眨也不眨的盯著這裡，是在觀望他怎麼出招嗎？那就表示只要手段夠高明，這場交易就可能成立。開出高價是最簡單的方法，但花錢不手軟的客人她們要多少有多少，不是個有力的籌碼。

既然如此，利瑟爾看向在旁邊觀望事態發展的劫爾。

「劫爾，我能把你扯進來嗎？」

「請便。」

劫爾哼笑一聲，彷彿在笑他客氣什麼。

在利瑟爾的視線另一端，雙子微微張開嘴唇，艷紅的唇瓣之間就像看見獵物那樣，探出小小的舌頭舔過嘴唇。利瑟爾一看就知道交涉成立，於是露出微笑。

「兩位最近有沒有什麼困擾呢？」

簡單來說，他的提案就是：用身體支付不足的金額。

她們很清楚利瑟爾和劫爾的利用價值。

雙子叫他們晚上再到店裡來。他們人才剛到，立刻又被帶出門，按照她們的要求到服飾店打理衣服、整理頭髮，又好好妝點一番，然後來到了現在。矗立在眼前的是不知哪位貴族的宅邸，一棟豪華絢麗的舞會會場。

「沒想到事情會變成這樣。」

「都是你的錯啊。」

利瑟爾和劫爾的手臂上，分別挽著一位美麗的貓族獸人。

她們柔美的肢體裹著緊身禮服，經過精心打扮的身姿說是傾國美人也不過分。與她們擦肩而過的男人們下意識地被籠絡了視線，一個個像受到花朵吸引的蝴蝶一樣想向她們攀談，又在看到她們身邊的舞伴時回過神來。

一位是氣質比誰都更高貴的男人，一位是強者氣質比誰都強烈的男人，確實最適合當驅趕蒼蠅用的護花使者了。

「你們不喜歡嗎？」

「怎麼會呢。即使只有短短一晚，也能獲得擔任妳們舞伴的殊榮呀。」

這是我的榮幸，利瑟爾微微一笑，聽得摺耳的貓女咯咯笑了。

「我可不高興。」劫爾說。

「哎呀，人家好難過呀。」

「妳根本不這麼想。」

看見劫爾微微蹙起眉頭，立耳的貓女也同樣笑了出來。

她們說，她們是在夜晚的職場收到了這場舞會的邀請。無論提出邀約的是誰，這對雙子但凡不合心意都會直接拒絕，而她們這次之所以同意，除了久違地想全力打扮一番之外沒有其他理由。

她們身穿質料纖薄又有光澤的禮服，閃耀的首飾裝點著禮服本身簡約的設計。比起平時古典的妝容，她們今天化了更華麗的妝，感覺得出她們全身投入在享受身為女性的樂趣。

「就像暗夜中浮現的一彎弦月一樣美。」

「還是不比滿月嗎？」

「但仍然美得教人移不開目光。」

利瑟爾誠實地用盡言詞形容舞伴的美，挽著他手臂的貓女高興地朝上豎起摺耳。

水晶吊燈的光線從宅邸門扉洩漏出來，照得那對耳朵上的耳環閃閃發亮。

「妳們站在一起，光芒肯定燦爛得連周圍的星辰都相形失色吧。」

「嘴真甜，我很喜歡被讚美喲。」

鈴鈴，黑色尾巴上的飾品發出清涼的金屬聲。

利瑟爾並未看向那邊，只是露出微笑。看來在宴會之前，成功給了陰晴不定的她一份好心情。他熟門熟路地替女伴領路，踏入充滿交談聲的空間，宅邸內部光輝燦爛，使人忘記夜晚的黑暗。

鞋跟「叩」地敲在光亮地板上的聲音，使得整個會場的視線匯聚過來。

「還真行……」

看見利瑟爾那一副「紳士做到這樣是理所應當」、堪稱舞伴楷模的舉止，劫爾吃不消似的喃喃說。

「一刀不讚美人家嗎？」

「不要對我有那方面的期待。」

「一句就好了嘛。」

立耳女伴的尾巴開心地晃動。

噹啷、噹啷的音色搔過耳朵，利瑟爾他們那對舞伴投來揶揄般的視線，劫爾蹙起眉頭，低頭看向挽著他手臂的美麗女子。

「我的弦月還真囉嗦。」

「這又不是你自己想的，好狡猾呀。」

簡單說，就是他跟利瑟爾意見相同的意思，也可以說是他嫌麻煩，所以全都丟給了利瑟爾。

不過以劫爾的作風，這已經是不錯的讚美了。或許是明白這一點，立耳貓女沒有因此而不高興，她滿意地偏了偏頭，然後重新面向前方。

在場的貴族都身著燕尾服或禮服，即使當事人沒有這個意圖，這兩對嘉賓仍然席捲了他們的話題。

「那對雙胞胎想必就是……」

「喔，看來今晚的舞會會特別華麗啊。」

「真想和她們打好交情。」

她們是上流階級經常光顧的娼館中最美的花，認識她們的人相當多。曾經到訪的人帶著親近的眼神，沒造訪過的人則帶著色心看著她們。

「他們是？」

「什麼，他們怎麼會出現在這裡……」

「邀請他們共舞會不會顯得很沒教養呢？」

認識利瑟爾和劫爾的人也不少。

知道他們身分的人雖然心想「冒險者為什麼跑到這來」，但兩人完美融入了這個場合，因此也沒有人排斥他們。認識貓族雙子的人甚至露出苦笑，猜到兩個男人一定是被自由奔放的她們拉來的。不過當中也有人不知道利瑟爾他們是冒險者，對於他們站在貴族都無法輕易親近的雙子身邊擺出不善的臉色。

「視線真煩人。」

「要忍耐喲。」

無論正面或負面的目光都一概而論，劫爾對著所有集中在他們身上的視線喃喃這麼說。

利瑟爾習以為常似的勸了他一句，雙子則是一副事不關己的樣子，有趣地笑了出來。

「開場之前妳們想做什麼呢？」

「我們收到了邀請函。」

「想去打聲招呼。」

「那我們在這裡等妳們吧？」

這是一場以娛樂為目的的舞會。

當然，也有人為了拓展人脈、接待客人等目的而來，不過那屬於個人自由。這裡基本上是享受跳舞樂趣的場合，因此不需要帶著正式的舞伴，也有許多賓客和朋友們一起參加，到現場再尋找合拍的對象共舞，所以她們不帶著利瑟爾和劫爾隨行也不會有問題。

「不，我們希望你們一起來。」

「有我們不喜歡的人。」

「總是死纏爛打的人。」

「那麼有劫爾在場比較好呢。」

「喂。」

劫爾雖然打扮得非常氣派，但這並未改變他兇神惡煞的氣場，只是從冒險者風格的壞人變成地位顯赫的壞人而已，強者風範一點也沒變。在這樣惡形惡狀的劫爾面前，沒有人敢輕舉妄動。

在雙胞胎姊妹的帶領之下，利瑟爾他們走向一位初老的穩重男人。與賓客談笑中的男人，似乎立刻注意到了利瑟爾一行人。

「那麼，今天就請盡情享受吧。」

「多謝。」

初老男人跟一對同齡的朋友夫妻打完招呼，接著轉向這裡。

利瑟爾悠哉地心想，這看起來是位居國家中心的人呀，就感覺到摺耳的貓女輕輕拉動他的手臂，於是儀態穩重地微微屈身。艷紅的唇瓣悄悄靠過來。

「這是公爵大人喲。」

原來如此，利瑟爾在心裡點頭，執起她的手，溫柔地往前送。

劫爾也同樣把手臂往前伸，將立耳的貓女送到前方，自己站在斜後方待命。

「哎呀，妳們來了。」

「很高興接到你的邀請，公爵閣下。」

「感覺今天會是一場美妙的舞會呢。」

「呵呵，那就太好了。」

雙方態度親切，感覺不出娼館的氛圍。

人們來到娼館的目的各式各樣，有人追求一流的接待水準，把這裡當作談判交涉的場地；有人來這裡和值得信任的對象自在交談，尋找的是放鬆休息的場所。一流的娼館，有時候比什麼樣的城堡或宅邸都更能夠嚴守機密。

「本來擔心這裡沒有妳們看得上眼的舞伴，不過……看起來是我多慮了。」

公爵的眼尾笑出皺紋，依序看了看利瑟爾和劫爾。

「妳們自己帶了很完美的舞伴過來。」

「可是他們居然說不陪我們跳舞呢。」

「你也說說他們嘛。」

聽見她們開玩笑似的打小報告，公爵露出雍容大度的笑容，接著看了看面露苦笑的利瑟爾，以及皺著眉一臉理所當然的劫爾，神情無奈地朝他們搖搖頭。他們同樣被雙子一時的興致耍得團團轉，有一些彼此相通的默契。

而且他們雙方對此都不反感，就更不用說了。自由奔放是這對雙子的魅力所在，他們都不想將之奪走。

「也希望兩位玩得開心。」

「由衷感謝您的美意，對於一介冒險者來說實在惶恐。」

聽見利瑟爾這麼說，公爵緩緩點頭。

對於冒險者來參加舞會，他似乎並不感到訝異，或許早已知道利瑟爾他們的身分；但在建國慶典的宴會上，利瑟爾沒有見過他。

「兩位是先前平定大侵襲的一大功臣，晚點請務必讓我聽聽你們的事蹟。」

大侵襲之後，曾經有位公爵派遣騎士到旅店去迎接他們。

他們並不知道對方是誰。雖然可以拜託精銳盜賊查出對方身分，但沒有必要這麼做，利瑟爾他們也不在意，所以無從得知那位公爵是否就是眼前的初老男性。

「您這麼說實在太客氣了。只要獲得她們首肯，我們非常樂意敬陪。」

話雖如此，現在的利瑟爾他們是為了陪伴美麗的雙子才來到這裡，沒有任何事情該比她們更加優先，無論有什麼內情都一樣。只要雙子同意，那麼正如利瑟爾所說，他不會拒絕公爵的邀約，不過……

「哎呀，這可不行喲。」

「我們好不容易才把他們抓來的。」

「那真是太可惜了。」

男人乾脆地笑著放棄，似乎早已料到答案。

知道她們的為人，這也是當然的吧。這可是她們親自妝點、僅限一晚的舞伴，她們才不會大方到輕易借給別人。

「那我們先告辭了，公爵閣下，祝安好。」

「歡樂的曲子多一點，我們會很高興喲。」

「好，再會了。」

雙胞胎獸人行了個靈巧的禮，回頭轉向各自的舞伴。利瑟爾伸手牽起自己的搭擋，也向公爵略施一禮，確認對方點頭回應後才離開。

順帶一提，雙子說不想扯上關係的人，似乎是剛才那位公爵的兒子。看見劫爾之後，他就一直瑟縮在父親背後，而雙子看也沒看他一眼。

入場時間終於結束，開場舞開始了。

欣賞完代表開舞的男女在舞池中優雅的舞步，主辦人公爵致詞之後，舞會揭開序幕。管弦樂團奏起華爾滋，周遭人們紛紛牽起舞伴的手聚在舞池。

身為貓族獸人的她們也豔麗地相視一笑，找舞伴去了。雖然這麼說，但她們只要踏進舞池一步，就有數不清的人過來搭話。

「這要跳到早上？」劫爾說。

「體力很好呢。」

利瑟爾他們目送兩人開心地走遠，在牆邊看著舞池中的情況。

也不曉得知不知道利瑟爾他們是冒險者，好幾次有女性來向他們攀談，全都被利瑟爾回絕了。這種情況劫爾全都交給利瑟爾應付，一句話也沒說，漸漸地就沒有人來邀請他們了。

「我們邊吃點東西邊等吧。」利瑟爾說。

「嗯。」

大廳裡有幾張備齊輕食的桌子，讓疲倦的賓客休息。

利瑟爾他們穿過愉快踏著舞步的人們，走向其中一張。桌子後方有幾座寬敞的陽臺，在這個聚滿人群的空間裡，是唯一能享有開放感的地方。

舞會才剛剛開始，想坐下休息的人很少，他們倆一坐下，服務生立刻就端著裝有幾個玻璃杯的托盤過來了。劫爾拿了香檳，利瑟爾則要了杯無酒精飲品。

「當中有你認識的人嗎？」

「啊？」

桌子距離舞池不遠，能清楚看見跳舞的群眾。

利瑟爾的眼光追隨著其中特別耀眼的兩位貓族獸人，朝劫爾這麼問道。劫爾從利瑟爾的杯中喝了一口，聽了莫名其妙地蹙起眉頭。

「好像也有知名的大人物。」利瑟爾說。

「我不認識。」

這場舞會冠蓋雲集，賓客都是有權有勢的人。

聞名全國的富商、深受貴族喜愛的知名店鋪老闆……其中當然也不乏像利瑟爾他們的舞伴那樣，與主辦人有私交的人物。與會賓客之間，彼此已經相識的人也不少。

「在舞會上一個人也不認識的感覺，還真不可思議。」

面對新鮮的體驗，利瑟爾顯得很開心，劫爾見狀無奈地嘆了口氣。

「職業病。」

「我明明就很樂在其中。」

「所以才特別嚴重啊。」

劫爾從三層點心架上隨便抓起一個三明治，咬下一大口這麼說。利瑟爾有趣地笑了出來，伸手去拿玻璃杯，這時忽然注意到不太對勁而停下手。

利瑟爾的玻璃杯放在靠近劫爾的那一側。劫爾剛才確實喝了一口，但即使如此，平常他還是會把杯子放回利瑟爾手邊。既然如此……利瑟爾把玻璃杯拿在手中晃了晃，百無聊賴地看著舞池的劫爾微微動了動嘴唇。

「做做樣子就好。」

聲音壓得很低，在這個充滿了管弦樂聲的空間，只有利瑟爾能勉強聽見。

利瑟爾不動聲色，把玻璃杯端到唇邊傾了傾，試著聞它的味道。只聞到一點水果香氣，沒什麼怪味。

「劫爾你的呢？」

「也加了。」

「加了什麼？」

「不知道。」

利瑟爾一口也沒喝，便放下了玻璃杯。

既然劫爾特地壓低聲音，那就代表不是在警告他飲品中含有酒精。雖然在劫爾身上很難斷言，不過他喝了一口還沒事，表示混入的東西不會即時生效。

「要是伊雷文的話，就能知道裡面加了什麼了。」

「連其他杯子裡加了什麼料都知道。」

假如伊雷文在場，一定會告訴他們這杯加了什麼、那杯加了什麼，順帶一提那一杯和這一杯也一樣……就連服務生托盤裡端著的杯子，他都能識破吧。

他本人的說法是「一聞就知道」，但會場內的其他獸人看起來並沒有察覺不對，該說伊雷文不愧是打從出生就與毒為伍的蛇族獸人嗎？至於劫爾，則是靠著直覺隱約注意到的。

「有誰看起來像嫌疑犯嗎？」利瑟爾問。

「服務生呢？」

「沒有嫌疑。」

「這樣啊。」

聽見利瑟爾這麼說，劫爾毫不懷疑地點頭。

「其他可疑人物……」

利瑟爾環顧舞池，同時確保兩對黑貓耳一直都在視野當中。

要尋找舉止可疑的人物，在今天這個日子有點難度。由於兩位傾國美女的登場，舞池裡的群眾本來就有點躁動了。舞池那邊差不多來到了第一首舞曲的尾聲，有些人看準交換舞伴的時機想找她們共舞，也有人投來緊張期待的視線，希望能邀請利瑟爾他們。

在這種情況下，利瑟爾把他注意到的每個人一一悄聲告訴劫爾。

「右邊，綠色禮服，淚珠形耳環。」

「不對。」

「舞池裡，紅棕色馬尾男性，黑色領結。」

「也不對。」

劫爾明白，這些人既然挑起利瑟爾疑心，就代表他們肯定做了什麼虧心事。不過他可沒有那麼豐富的正義感去一一揭露那些內幕，畢竟他們今晚的目的只是讓雙胞胎的貓族獸人玩得盡興，然後買到那兩本書而已。

因此劫爾必須做的，是找出有可能破壞這場舞會的傢伙。無論對方藏得再怎麼隱密，劫爾對殺意的知覺都相當靈敏，他的工作就是負責感知利瑟爾無法察覺的殺氣。

「舞池裡，和藍色淑女跳舞的高個子。」

雖然不清楚混入的是藥物還是毒物，但假如對方只給他們倆下藥，利瑟爾和劫爾立刻就能找出犯人。可是他們都沒找到嫌疑犯，表示這應該是無差別犯罪。

在這場舞會這麼做有什麼意義？若犯人不是單純的瘋子，是期待看到主辦舞會的公爵因此失去名望嗎？面對習慣遊走於黑白兩道的貴族、名人習於矯飾的笑容，要找出可疑人士相當困難，不過……

「就是他了嗎？」

「前提是沒有共犯。」利瑟爾說。

「他左胸內側藏著東西。」

利瑟爾他們輕易識破了嫌犯，保持視線不相交會的情況下動著嘴唇交談。

「你打算怎麼辦？」劫爾說。

「我想盡可能在不驚動賓客的前提下讓他離場。」

利瑟爾把搔過臉頰的頭髮塞到耳後，一邊思索。

即將結束的華爾滋樂曲傳入耳中。他來回打量了一下那個男人和摺耳、立耳雙子，舉止沉著地站起身來，揮揮手告訴眉頭微蹙的劫爾不用擔心。走幾步就來到了舞池，趁著摺耳貓女順著人流走來，利瑟爾順勢牽起她纖細的手。

樂聲同時停止，正準備趁機和她共舞的男人們目瞪口呆地看著利瑟爾和她對望。

「妳不口渴嗎？」

她縮緊瞳孔，目不轉睛地凝視利瑟爾。

一隻貓耳朵豎了起來，點綴其上的耳飾閃閃發亮，把光亮的黑色毛髮襯托得更加美麗。

「不渴。」

「這樣呀。」

兩人親暱地相視而笑，周遭眾人完全跟不上狀況。

利瑟爾溫柔地放開手，貓女便帶著笑容回頭往後看，視線掃過那些想當她舞伴的男人，接著毫不猶豫地站到她看上的人面前。

「你的引舞很有魅力喲。」

「很榮幸獲得妳的讚美，這位淑女。」

她伸出手，讓舞伴摟著腰回到舞池裡去了，利瑟爾面帶微笑目送她走開。樂聲再度響起，利瑟爾正準備離開慌忙尋找舞伴的那群男人，忽然不經意看向站在不遠處的目標。對方身材高䠷，穿起燕尾服相當合適，正一臉莫名其妙地看著利瑟爾。

「不好意思，擋到你的路了。」利瑟爾說。

「不會……」

男人立刻被其他女性攀談，回到舞池的人流當中。

利瑟爾走回座位，一路上委婉地拒絕眾人邀舞。面對劫爾納悶的視線，利瑟爾自己不知為何也露出困惑的表情偏著頭。

「你到底想幹嘛……」

「不，在我的想像中，我應該模仿了伊雷文才對……」

「啊？」

「換作是他的話，按照剛才的流程就可以解決一切了吧？」

一邊巧妙地跟舞伴撒嬌，一邊接近目標，神不知鬼不覺地摸走對方藏在胸前的東西。等到男人準備採取行動的時候，才發覺東西不見了……伊雷文會在一旁看著對方動搖的模樣哈哈大笑吧。

「你怎麼會以為自己做得到？」

「我想說照著流程應該可以吧，不過完全沒辦法。」

「我想也是。」

沒錯，流程確實無可挑剔。

只是面對目標的時候，他完全不知道該怎麼把手伸進對方左胸內側的口袋。不過如果想成是阻止了危險人物接近自己的舞伴，也不算完全白跑一趟。

果然還是交給專家比較好——利瑟爾作出了偏離重點的結論，劫爾見狀只有無奈。

「劫爾，你也沒辦法嗎？」

「我沒做過那麼犯賤的勾當。」

「我想也是。」

太可惜了，這明明是最和平的解決方法……利瑟爾這麼說著，決定使出最終的手段。

他轉過視線，看向接連與貴賓寒暄、盡著待客之誼的主辦者。雖然利瑟爾也清楚記得，公爵說晚點要與他們談話的時候，被那對美麗的雙子俏皮地拒絕了，不過……

「沒辦法了，就請負責人採取適當措施吧。」

「那對雙子會不高興吧。」

「是呀。」

所以才留作最終手段。

假如一開始就找能溝通的負責人打小報告，那就輕鬆多了。等到發生事情再處理也並無不可，但要是為了緝兇而鬧得雞飛狗跳、中斷舞會就更不像話了，肯定會惹得雙胞胎心情不好。

既然如此，他寧可採取還有希望的做法。討她們歡心，或許比S階委託還要困難也說不定。利瑟爾露出苦笑，和劫爾一起走向公爵。

後來利瑟爾他們向公爵說明了情況，受到對方誠摯的感謝。

兩人把事情全都丟給公爵處理，像剛才一樣坐在擺著三層點心架的桌子旁邊，悠閒地欣賞舞伴輕快的舞姿。不愧是公爵，高䠷男人馬上就被帶出了大廳，沒有引起任何騷動，宴會沒被中斷真是太好了。

接著，公爵立刻表示「請各位貴賓試喝敝領地釀造的檸檬酒」，向所有與會賓客發放了飲料，想必是針對飲品中摻入藥物的對策，看來在玻璃杯中下藥的共犯也順利抓到了。

「劫爾，怎麼樣？」
「味道不錯。」
「我不是說那個。」
檸檬酒裡多半加了解毒劑。畢竟劫爾剛才也喝到了一口加料的飲品，因此利瑟爾才問他感覺如何。劫爾這麼回應也只是開個玩笑，他哼笑一聲說：
「確實放了解藥吧。」
這麼一來，事件也平安落幕了，利瑟爾邊想邊站起身來。
劫爾也無奈地從座位上站起，兩人同時拉開空椅子。
「好過分喲，明明跟你們說不可以的。」
「太難過了，明明是我們的舞伴才對。」
柔美的身軀上裹著緊身禮服，搖晃著尾巴上的飾品，貓族獸人雙子嘟起嘴唇這麼說。她們坐到利瑟爾和劫爾拉開的椅子上，轉了轉一手端著的檸檬酒杯。
利瑟爾露出苦笑，劫爾也嫌麻煩似的嘆了口氣，兩人雙雙跟著坐下。
「當然，我們是妳們兩位的舞伴。」利瑟爾說。
「對吧？」
「今晚我們腦中想的，全都是妳們兩位的事情哦。」
「是這樣嗎？」
看見利瑟爾垂著眉微笑，雙子露出別有深意的微笑，把交叉的雙臂往桌上一擱，光潤的黑髮滑過她們略微後彎的背脊。這極具魅力的動作相當適合她們。
「別動不動鬧脾氣，真麻煩。」
「這脾氣還不是你們惹出來的。」
「你們要負起責任討我們開心。」
以她們的性格，說不定早已察覺一切。
即使沒有察覺內情，她們也確信利瑟爾不會無緣無故做出惹她們不高興的事。無論利瑟爾所說的話、抑或是他的眼神，一向都誠實無欺。此刻她們倆露出的笑容當中帶著玩笑意味，就是最好的證明。
不過，這時候要是無法成功討她們歡心，就不知道利瑟爾以後還有沒有資格到她們店裡光顧了。最重要的是，他也必須為了破壞她們難得的好心情負起責任。
「我是否有這個榮幸與兩位共舞呢？」
比起處理密謀陷構公爵的犯人，討好她們還困難多了。利瑟爾這麼想著露出微笑，把他一口也沒喝的檸檬酒遞給劫爾。
「一刀不陪我們跳舞嗎？」
「看起來不像不會跳呢。」
「我不跳。」
你這個人就是這樣、對嘛總是這樣——兩人一搭一唱地又鬧起彆扭來，看起來樂在其中。

不曉得自己的領舞能不能讓她們滿意呢？利瑟爾回想起剛才一直看著的、她們在舞池中的身影，朝著其中一位伸出手。

玩得很開心，雙子這麼說著，顯得心滿意足。兩人護送她們回到店裡，望著天邊的朝霞走回旅店，然後默默睡下。當然，想要的書也順利買到了。

隔天，在公會櫃檯排隊等著接委託的利瑟爾，不經意地跟伊雷文聊到舞會上發生的事。

「沒有馬上生效？啊——那是有玄機的啦，應該是最近流通的那種藥吧，說是可以擾亂體內的魔力流動，雖然我也不太懂。聽說下了那種藥之後讓目標到處活動，等到藥物在體內循環，再用魔力放出系的魔道具轟下去，目標就會直接昏倒，效果好到讓人想笑喔。」

「你理解得也太快了。」劫爾說。

「原來還有這種藥呀。」

「怎麼啦隊長，有人給你喝這個喔？誰啊？要我去把外面流通的這種藥都毀掉嗎？」

結果伊雷文不只一下就聽懂，還在當晚就查出那男人取得藥物的管道，把他們全都除掉了。

157

史塔德的休假日，以平日差不多的方式展開。

和平時在同樣的時間起床，整裝盥洗。住在公會裡的只有公會長和史塔德兩人，他們都不開伙，應該說是不會煮飯，所以早餐吃事先買好的麵包。

畢竟這時間還沒有任何商店開門做生意。距離公會長起床的時間也還早，史塔德獨自坐在生活空間靠窗的桌子旁咬著麵包。麵包配咖啡，他對於泡咖啡的手法不特別講究，不過不會像糟蹋豆子那樣隨便亂沖。

吃完早餐，就來到位於樓下的公會。

這時候公會裡還空無一人，他會打開門窗換氣。史塔德自己對這個行為沒什麼感情，只是按照幼時大人教他的動作，一直漠然執行到今天。

他拿抹布擦了桌子，也把地板掃乾淨，然後清點庫存用品放置處，若有東西備量不足就加以補充。前一天受理的委託單也按照階級順序排好，貼到委託告示板上。這些持續多年的動作他相當嫻熟，一下就處理完了。

接下來，只要等待不知何時會進門的第一位冒險者就好。

「哎呀，今天也謝謝你啊，史塔德。」

頂著惺忪睡眼走進來的，是從史塔德被公會長撿回來時就在公會上班的職員。她這麼說著，眼尾笑出皺摺，史塔德僅以視線回應，坐到自己的位置上。

接下來的時間，其他職員也開始漸漸出現。在六點鐘響之前，所有人大抵都會露面，不過沒有明文規定，只是這個時間到班剛好能應付冒險者們早晨的委託尖峰而已。

「你今天休假吧？」

「是的。」

「有什麼安排嗎？」

到了最近，開始有人這麼問他。

即使在休假日，史塔德還是會坐在公會的位子上，因為沒有其他事好做。比起一整天無所事事、淡然等待時間過去，來上班確實比較有意義，所以其他職員也不會硬叫他休息。

只是最近，史塔德有了想要一起度過一段時間的人。

「昨天我問他能不能一起出去。」

「你邀請了他呀。」

職員露出守望般的笑容，史塔德只是毫無感情地回望。

「那位貴族說他有空？」

「是的。」

「那你待會要出去玩啦。」

「是的。」

「那我再找其他人出去採購哦。」

「麻煩妳了。」

為了讓史塔德休假的時候放鬆一下，職員們總會請他出去採買。不過史塔德從來不覺得感恩，也不嫌麻煩，大家只是拜託他去做必要工作，他負責執行就好。

看見對方帶著笑意的眼神，史塔德不經意看向自己的手臂。看著戴在手腕上的手錶，他彷彿覺得心臟跳得更快了些，但不是不舒服的感覺。

這就是所謂的期待，他終於開始明白。

話雖如此，在和利瑟爾見面之前，他也無事可做。

史塔德像平常一樣應對早晨的冒險者人潮，在約定時間到來前都在公會勤於處理業務。劫爾也在早上的人潮當中，史塔德看見他一個人接了委託。

史塔德還想確認一下伊雷文的行蹤。難得有機會跟利瑟爾一起出門，要是有人來攪局他可受不了。

「喔，史塔德，你要出門啊？」

「怎麼樣？」

「咦，沒有啦，沒怎樣。」

時間差不多了，史塔德從座位上起身，從領子上取下徽章時，有人喊了他一聲。

他隔壁的職員坐在椅子上往後仰，伸展著背部，看著史塔德的眼神彷彿看到什麼新鮮事。對了，今天你休假啊——職員了然點頭。史塔德瞥了他一眼，以極為公事公辦的語氣回應其他職員「辛苦了」的招呼聲，走向自己房間。

他脫下制服，換上便服。史塔德幾乎沒有制服以外的服裝，這件便服是利瑟爾替他挑的。這衣服適不適合自己、品質好不好，史塔德完全不懂，也實在沒興趣。

可是利瑟爾說他穿起來很好看，那一定不會錯吧，他是這麼想的。不過挑選衣服的時候，碰巧也在場的劫爾喃喃念著「為什麼挑起別人的衣服品味就這麼正常……」史塔德聽不太懂他在說什麼。

換好衣服，他從後門走出公會。

和利瑟爾相約的地點，是史塔德常去的咖啡店。他們沒特別指定時間，利瑟爾是這樣說的：「中午前我會在那邊看書，史塔德你就方便的時間再過來就好。」先前利瑟爾這麼說的時候，史塔德一大早就跑到咖啡店默默等待，結果利瑟爾還道歉說不好意思讓他久等，之後他就比較注意時間了。

他到利瑟爾的旅店住過幾次，知道利瑟爾不接委託的日子大約幾點起床。某公會職員告訴他，把這個時間再加一小時最為恰當，他於是照做了，目前看起來還滿剛好的。

沒走多遠，就到了目的地的咖啡店。

透過玻璃窗往裡面一看，就看見利瑟爾的身影。常有路過行人讚美，他坐在窗邊、垂眸看書的模樣美得就像一幅畫。史塔德不太理解，對他來說，找到利瑟爾的喜悅總是大過於其他的感受。

一踏進店內，門上的風鈴便發出一、兩聲悅耳的聲響。注意到史塔德的到來，店老闆「啊」了一聲，看到熟面孔似的點點頭，指引他到利瑟爾那一桌。

「老樣子就好嗎？」

「是的。」

老闆沉穩的聲調，完美融入店內的氣氛。史塔德點點頭，走向利瑟爾，一路上沒發出腳步聲，悄然無聲地拉動椅子，就這麼在繼續讀書的利瑟爾對面靜靜坐下。

「…………」

這時候，利瑟爾注意到他的機率是一半一半。

如果是正在品嘗咖啡的時間，利瑟爾會立刻發現他來了，對他露出微笑。不過現在的利瑟爾正專注讀書，沒有從紙面上抬起視線。無論哪一種情況，史塔德都很開心。利瑟爾注意到自己的瞬間自然高興，而能像這樣看著那雙低垂眼眸的機會也並不多見。

「請慢用。」

「謝謝。」

就這麼看了一會兒，老闆把史塔德的咖啡送來了。

利瑟爾忽地抬起眼眸，或許是進入視野的光線增加，他眨了一次眼睛。史塔德目不轉睛地看著那雙紫晶色的眼瞳直直看向自己。

「史塔德，辛苦了。」

「不辛苦。」

看見那雙高貴的眼瞳綻出柔軟的笑意，史塔德高興得彷彿身上都要飛出一朵小花來。不過他的表情還是一樣冷淡，這種變化也只有利瑟爾看得出來。

「今天也很忙嗎？」

「和平常差不多。」

「那對你來說，一定不算什麼囉。」

利瑟爾有趣地笑了，指尖從攤開的書本底下抽出一枚書籤。

纖薄的書籤上，雕刻著細緻的紋樣，宛如切削水晶製成的那樣，在日光照耀下變幻出美麗的色彩。這是利瑟爾準備出發前往阿斯塔尼亞的時候，史塔德送給他的禮物。

「……早上一刀來過。」

「嗯，他又一個人潛入迷宮了呀。」

利瑟爾指尖的動作慈愛而輕柔，史塔德看著那張書籤消失在書頁間，覺得好高興。

「今天你有什麼想做的事情嗎？」

「想做的事情……」

史塔德思索著，並未從利瑟爾身上移開視線。

老實說，他跟利瑟爾一起出門的目的，除了跟利瑟爾相處之外別無其他。利瑟爾也知道這點，所以才這麼問吧。面對等待答案的利瑟爾，史塔德喝著咖啡，淡然思索。

未來想做的事，以及過去的經驗當中，有一件最新也印象最深刻的事情。

「我想再跟你一起做料理。」

利瑟爾眨眨眼睛。

答案似乎令他相當意外，不過史塔德自認這提案還算不錯。畢竟上一次烹飪幾乎在他還搞不清楚狀況的時候就結束了，比起料理如何，他根本只有跟利瑟爾一起聽人訓話、被人誇獎的記憶。

如何呢？史塔德打量著對方的反應，這時利瑟爾惡作劇似的瞇細了眼睛。

「感覺很有趣呢。」

「是的。」

「不過這樣的話，我想再找個幫手。嗯……」

利瑟爾輕觸嘴唇思考。

從史塔德的角度看來，利瑟爾也算是會做料理的人，不過上次烹飪大賽確實有某位副隊長負責指揮他們倆，利瑟爾也遵照他的指示行動。這一次也需要這種人物吧，史塔德理解地想。

「嗯，還是到專家那裡去吧。」

看見利瑟爾面帶微笑這麼說，史塔德雖然表面上不動聲色，仍然滿懷期待地點頭。

然後現在，史塔德站在賈吉家的廚房。

「…………」

「那個、不要一直瞪著我看啦。」

史塔德無意反對利瑟爾決定的人選，反而還打算無條件表示贊同，只不過他的眼神當中顯然還是有點想法，看得賈吉垂下了眉毛。

利瑟爾也料到事情會變成這樣，但賈吉無疑是最佳人選，因此他只是面帶微笑看著這情景。旅店的女主人也在候補人選之列，不過他昨天聽說女主人今天中午就要出門，不會待在旅店。

「不好意思打擾你吃午餐了，賈吉。」

「不會，一點都不打擾……！可以一起吃飯，我很開心。」

賈吉說著露出軟綿綿的笑容，利瑟爾回以微笑，表示感謝。

這時候，賈吉忽然來回看了看利瑟爾、又看了看史塔德，神情有點不安。

「所以說、那個，午餐要由利瑟爾大哥你們來煮……？」

「是的。一起加油吧，史塔德。」

「我會加油。」

兩人相視點頭，乍看之下就好像熟悉烹飪的人一派輕鬆地準備做料理一樣。

可是，賈吉還是很不放心。利瑟爾在阿斯塔尼亞的期間，透過書信往來，他知道利瑟爾已經有了烹調經驗。真虧劫爾和伊雷文允許他煮東西，賈吉感嘆地想。老實說在他看來，利瑟爾不需要這方面的技能。

至於史塔德……

「……史塔德，你下過廚嗎？」

「有啊有什麼問題嗎？」

「咦?!」

賈吉震驚到一臉錯愕，利瑟爾看了不著痕跡地幫忙解圍。

「先前史塔德和我一起煮過一次咖哩，對吧？」

「咦，好狡猾……」

「煮得很好吃。」史塔德說。

「咦，話說回來，你們為什麼要做料理……？」

利瑟爾簡單向他解釋了料理大賽的經過。

賈吉聽完一邊想著利瑟爾為什麼會跑去參加，一邊納悶史塔德為什麼答應了邀請，然後在心裡深深感謝某阿斯塔尼亞魔鳥騎兵團副隊長。無論如何，利瑟爾一切平安、玩得開心就好。

「這個嘛，那你們決定好要煮什麼了嗎？」

「煮什麼好呢，史塔德？」

「我都可以。」

「雖然有賈吉在，可能還是選簡單的料理比較好吧。」

看見兩人展開討論，賈吉鬆了一口氣，暫時離開座位。

利瑟爾他們跑到店裡來，說想請他指導料理的時候，他真是嚇了一大跳，甚至委婉地建議他們負責吃就好，想吃什麼他都可以煮。被拒絕了。

因此，看見他們不打算勉強挑戰困難的料理，對賈吉來說也是一種救贖。這麼一來或許不需要他操太多心就能圓滿收場，他邊想邊拿著三人份的圍裙，回到兩人身邊。

「請用這個。」

「啊，謝謝你。」

「史塔德也有哦，給你。」

「謝謝。」

利瑟爾接過圍裙，鬆鬆地把它披在身上。

他一隻手按在胸口以免布料滑落，另一隻手整理好快要歪掉的肩帶。在他想辦法綁好背後交叉的綁帶時，賈吉立刻伸手過來幫忙。

利瑟爾道了謝之後，馬上就看見史塔德跑到他面前，忍不住笑出聲來。史塔德光明正大地把絲毫不打算自己綁好的帶子和後背轉向他，利瑟爾盡可能替他綁得漂亮一點。

「畢竟是賈吉的圍裙，果然還是有點大呢。」

「會不會太重呀？」

「不用擔心。」

順帶一提，那是抬起膝蓋會頂到布料的長度。

利瑟爾和史塔德的身高絕對不算矮，但比較對象是賈吉實在沒辦法。

「這是必須的嗎？」

「當然囉。」

史塔德淡然問道，利瑟爾肯定地點頭回答。這對話有點令人不安啊，賈吉戰戰兢兢地看向他們倆。

「那、那個……所以說，要煮什麼呢？」

「關於這個呀，我只煮過咖哩，所以也不太清楚哪些料理比較簡單。」

「沒辦法想像中間經過哪些工程。」

「原、原來如此。」

這樣的話……賈吉開始思考。反正是午餐，挑選飽足感偏低的菜色也沒問題。只靠利瑟爾他們應該無法一口氣做出好幾道菜，所以單品就能填飽肚子的料理最好。

「三明治……不行，這個要稍微用到菜刀。」

「賈吉，我已經會做咖哩了。」

「？我知道……啊、很厲害喔！」

賈吉愣了一下，立刻點點頭，致上由衷的讚美。

他沒注意到利瑟爾一臉很想問「為什麼」的神情，再度沉浸在思考當中。史塔德不知該怎麼辦，只好目不轉睛地看著利瑟爾，結果沒有人幫忙解釋。

「對了，史塔德，你上次煮東西負責哪些工作呀？」
「洗菜和攪拌鍋子。」
「啊，那只有葉菜類的料理就沒問題了。可是這樣吃不飽……」
「賈吉，你也要問我呀。」
「不、不好意思，那利瑟爾大哥呢……？」
利瑟爾很少這樣強調自己的意見，賈吉在疑惑中慌忙問道。
在他視線另一端，利瑟爾捲起兩邊袖子，自信滿滿地點頭。該不會是……賈吉睜大雙眼。
「我會用貓手。」
啪啪啪，全場只聽見史塔德的拍手聲，一瞬間的沉默。
「我們來做飯糰吧。」
這我看過，史塔德淡然點頭。看見他身邊的賈吉露出含蓄而溫柔的笑容，利瑟爾眨著眼睛，想不透這到底是為什麼。
賈吉負責提供食材，所以他們不必再外出採買。
利瑟爾和史塔德準備就緒，面向調理臺，賈吉已經把食材全都排列在檯面上了。兩人上一次站在廚房，都是之前那場料理大賽的事了。
「那個、我們先把水煮滾吧。啊，我來開火……」

「這點小事我會。」

史塔德往賈吉拿來的鍋子裡注滿水，把鍋子端到火魔石上方。鍋子尺寸偏大，有一定重量，不過史塔德的手很穩。

「請用這種米吧。」

哪天找他比比看腕力吧，利瑟爾暗自點頭，接過賈吉遞來的紙袋。往裡面一看，細長的白米裝了有半袋那麼多。

「旅店的女主人有時候也會做米料理，不過外面很少看見呢。」

「是呀，應該只有對料理感興趣的人，或是餐廳有這類菜色……才會特別去煮吧？」

在利瑟爾原本的世界也一樣，比起白米，麵包是更熟悉的主食。

和小麥相比，白米流通量少，是普通家庭很少接觸的食材。雖然不算特別罕見，不過一般人都覺得這是想吃的時候再去外面吃的料理。至於為什麼賈吉家裡隨時備著這種食材，只要知道他精湛的烹飪技術就不必多說了。

「聽說冒險者普遍都喜歡米飯，說是很有飽足感。」史塔德說。

「說不定是因為這樣，女主人才在料理中使用白米呢。」

利瑟爾沙沙地搖了搖紙袋，忽然想起一件事。在原本的世界，他的餐桌上時不時也會出現米料理，不過只有一次，他嚐過一種特別不一樣的米。

來自遙遠東國的使者當中，有唯人，也有名為鬼人的種族。他們頭上長角，身材壯碩，身高甚至超越賈吉。第二次造訪利瑟爾的國家時，鬼人請他們吃了自己國家的料理，那種特別的米飯就和利瑟爾喜歡的「豆腐」一起擺在桌上。

「以前我吃過一種比這更圓、更小粒的米。」

「除了這一種以外的米嗎？」賈吉問。

「沒錯。不調味，蒸熟之後直接吃。」

「那是什麼味道？」史塔德問。

「米飯的味道。」

賈吉偏著頭，史塔德一臉納悶。這一邊說不定沒有這種米，利瑟爾想著點點頭。劫爾和伊雷文對它也沒什麼印象，或許是這裡沒有發展出類似的文化，又或者是地理位置太過遙遠，導致與這一帶完全沒有交流。利瑟爾的國家能和那個東方國家建交也只是偶然，在那之前，鄰近的所有國家都不知道該國的存在。

「利瑟爾大哥，你喜歡那種味道嗎？」

「比這個再甘甜一點，該怎麼說……更濕一點吧。」

「……你的意思是，那個……」

「不好吃的意思嗎？」

「不是的，很好吃喲。」

第一口有點衝擊，不過到後來，利瑟爾的前學生也吃得一口接一口，迭聲說好吃。

但這因人而異，有些人或許需要習慣一下。利瑟爾沒什麼抗拒感地吃下去了，不過他記得同桌的表哥邊吃邊露出為難的表情。

「我也想嚐嚐看！」

「如果能在市面上買到就太好了。」

聽見賈吉展露出好奇心，雙眼閃閃發亮地這麼說，利瑟爾也瞇起眼笑了。也不能斷言說那種米在這一邊絕對不存在，讓賈吉期待一下也無妨吧，他自己也很想再吃到豆腐。

聊著聊著，水滾了，利瑟爾把裝著米的紙袋交給探頭往鍋裡看的史塔德。

「賈吉，把米倒進這裡面對嗎？」利瑟爾說。

「是的，直接倒進去就可以囉。」

「全部倒下去嗎？」史塔德問。

「嗯……大約三分之二就可以了吧。」

三分之二，史塔德低頭看著紙袋。

可能是因為他即使揉著紙袋估計份量，還是無法分出準確的三分之二吧。但也不用量得那麼仔細呀——在賈吉旁觀的時候，利瑟爾和史塔德已經你一言我一語地說著「大概這麼多」、「不對，應該是這麼多」，以精準的三分之二為目標開始試錯了。

感覺他們再過不久就會拿出天秤來秤，賈吉有點擔心地提出建議。

「對了，抓著袋子分出分量可能比較清楚……像這樣，用手指把它往裡掐。」

「像這樣嗎？」

「嗯，沒錯沒錯。」

史塔德目不轉睛地看著賈吉手邊的動作，然後照著模仿。以雙手拇指和食指拿著袋子，像把紙袋往下折那樣將米分成兩份。這樣確實比較清楚，史塔德繼續往深處壓，直到拇指隔著袋子碰到食指。

「原來是這麼分的呀。」

聽見利瑟爾佩服的聲音，史塔德抬起臉，想確認分量對不對。

在那一瞬間，手中紙袋的上半部不堪重負開始傾斜，他捏得太緊了。

「啊。」

「啊！」

「……」

三分之二撒出去了。

史塔德不知所措地傻在原地，利瑟爾開始拚命安慰他，賈吉趁這時候設法把散落一地的米粒收拾好。等到利瑟爾回過頭，地板上已經一粒米也不剩，賈吉還拿著乾淨的米在一旁待命，真不是蓋的。

他們重新展開烹調。

「那麼史塔德，請你把它輕輕倒進鍋子裡。」

「啊，熱水可能會噴起來，還是我來……」

「我來倒。」

史塔德板著一張撲克臉，認真地把米一點一點倒進沸騰的水中。

意外地謹慎呢，同樣站在旁邊看的利瑟爾佩服地這麼想道。在他身後，賈吉一臉不放心地看著，坐立難安地擔憂滾水會不會噴到人。

「倒進去了。」

「米粒沉下去了呢。」

「啊，那麼接下來就是鹽巴和橄欖油。」

賈吉拿出瓶裝的這些調料，分別遞給利瑟爾和史塔德。

兩人低頭看了看手上的瓶子，然後看向賈吉，等候進一步指示。

「那、那個……？」

「？」

「……」

雖說這是烹飪書上被省略也不奇怪的步驟，但利瑟爾他們無從學會。

只要人家沒清楚指示「加進去」，他們就不知道該拿這些東西怎麼辦，畢竟是不折不扣的生手。

「這些直接加進去就可以了嗎？」

「咦、啊，是的！」

賈吉恍然大悟地點頭回答。拿著鹽罐的史塔德淡淡地問：

「要加多少？」

「這個嘛，不用加太多。」

「請說得具體一點。」

「咦?!」

利瑟爾也和史塔德持相同意見，但看見賈吉慌張地說「我從來沒想過」，他察覺到這是怎麼回事。透過與納赫斯一起的幾次料理經驗，利瑟爾學到烹飪憑的是一種「感覺」。納赫斯無論加入什麼都只是概略估算，成品嚐起來卻是完美調味，讓利瑟爾感動得不得了。

還不知道自己有沒有這方面的直覺呢。利瑟爾寄望於未來這麼想著，試著提議：

「那賈吉，請你看著我們加，放夠了再喊停吧。」

「好呀，這倒沒問題……」

賈吉鬆了一口氣似的放鬆肩膀。利瑟爾也站到鍋子前，鄭重其事地拿著橄欖油，心情就像在迷宮裡操縱魔銃瞄準一樣，不，比那還認真百倍。他拔開玻璃蓋，只轉過臉去看站在後方瞧著這裡的賈吉。

見史塔德在旁邊凝視著他，利瑟爾點了個頭表示「交給我吧」，前者困惑地點頭回應。

「我要倒囉。」

「好的，請開啊啊啊停!!」

看見利瑟爾猛地傾斜瓶身，賈吉忍不住大叫。倒了好多啊。

無視於史塔德嫌吵似的視線，賈吉急忙伸手把瓶子扶正，然後呼出一口氣，設法讓警鈴大作般狂跳的心臟平靜下來。

「倒太多了嗎？」

「不、不會，沒問題的……」

面對利瑟爾愣愣仰望自己的眼瞳，賈吉用差點抽搐的嘴角擠出笑容。好險還來得及制止，或許加得多了些，但還在容許範圍內。

這是因為納赫斯從來不曾讓利瑟爾調味而產生的悲劇，由於完全無法估算適當的量，調味料很容易一開始就倒太多。咖哩的香料也是，雖然他懂得挑選需要的香料種類，但也沒有調配過分量。

「嗯……那接下來換史塔德。」

「好的。」

「一點一點加哦。」

「我知道。」

利瑟爾讓位給他，這一次換史塔德站在鍋子前。

他打開瓶蓋，把茶匙伸進去，以尖端撈起一點點，把根本只有幾粒的鹽巴倒進鍋裡，然後默默看向賈吉。

「嗯，還可以再倒一點哦。」

「……」

他撈了幾粒，倒進去，看賈吉。

在對方的敦促下，他再撈了幾粒，倒進去，看賈吉。然後看賈吉、看賈吉、看賈吉。

「……史塔德，可以一口氣加多一點沒關係。」

「不是你說一點一點加的嗎蠢材。」

「可是，我又沒想到你會這麼小心……！」

就這樣，在賈吉喊停之前，史塔德一臉淡漠地加入鹽巴。利瑟爾拿著木鍋鏟，邊慢慢攪拌鍋子邊看著這一幕，也不由得露出微笑。史塔德樂在其中真是太好了。

利瑟爾和史塔德輪流攪拌鍋子，攪了快十分鐘。

賈吉打包票說「差不多可以了」，拿木鏟撈起一口大小的米飯，放在兩人手心。試吃看看，嚐起來真的就像他們吃過的米飯一樣。

「有些菜色裡的米不要煮太爛，稍微留一點米芯會比較適合，不過我們今天做的是飯糰。」

「很好吃呢。」

「沒錯。」

看見兩人相視點頭，賈吉放下心來，邊戴上隔熱手套邊解釋。

「接下來，只要把鍋子裡的熱水倒掉，再蒸一下就可以了。」

「啊，那這次讓我來吧。」

「不可以，這個很燙的……！」

剛才是史塔德負責往鍋子裡加水，所以這一次利瑟爾自願負責，卻立刻被賈吉回絕。

不過他沒有放棄，經過一小段時間鍥而不捨的遊說之後，賈吉心不甘情不願地把手套交給他。

「只倒掉熱水對吧？」

「是、是的。」

感覺很困難呢，利瑟爾戴上隔熱手套，握住鍋把。

原以為隔著厚厚的布料還感覺得到熱度，實際端起來卻完全感覺不到溫度。不用猜也知道這多半是迷宮品吧，那賈吉在擔心什麼呢？利瑟爾邊想邊抬起鍋子。

「會不會很燙？」

「不會喲。」

「太、太重的話要馬上放下來哦。」

「我知道了。」

賈吉這些忠告就像在教小朋友一樣，利瑟爾有趣地笑著站到流理臺前。

他小心地傾斜鍋子，慢慢把熱水倒掉，以免連米粒一起倒下去。熱水沿著鍋子外側，從鍋底滴到流理臺上，不過馬上就被賈吉不著痕跡地擦乾淨，利瑟爾完全沒發現。

到了熱水所剩不多的時候，利瑟爾看差不多了，正準備探頭往鍋裡看。

「差不多都倒乾淨、唔——」

話說到一半，堆積在底部的米由於鍋子傾斜而一口氣崩塌下來。利瑟爾嚇了一跳，以為米飯全都要進水槽了，賈吉和史塔德看見利瑟爾的舉動也嚇了一大跳。

「怎麼了發生什麼事你沒事吧？」

「我沒事，還好沒怎麼樣。」

「沒、沒有燙傷吧?!」

「完全沒有喲。」

利瑟爾鬆了一口氣，抬起鍋子放回原位。好久沒這麼驚嚇了，他感慨地想著。見他這副模樣，年紀比較小的兩人知道沒出什麼事，也放鬆了緊繃的肩膀。

「你沒事真是太好了……」

「讓你擔心了。」

「別這麼說，啊、那麼，請你們再把鍋子底下的火點起來。」

聽賈吉這麼說，站在鍋子附近的史塔德伸手指著魔石，點了火。

「大約蒸十秒就可以囉。」

「我知道了。」

「這麼做是為什麼呀？」

「是為了蒸散水氣。火開著太久，米飯會燒焦的。」
原來如此，利瑟爾點頭。與此同時，史塔德在剛剛好十秒之後關了火。
應該是在心裡準確數了十秒吧，換作是利瑟爾也會這麼做。
「接下來蓋上鍋蓋，再燜一下就完成了。」
「賈吉，謝謝你。」
「不會，我只出了一張嘴而已，沒做什麼。」
「……謝謝。」
史塔德散發出一種利瑟爾大哥都道謝了，自己只好勉為其難說謝謝的氣息……
史塔德心裡也是很感謝賈吉的，不過那是成功與利瑟爾共同完成一道菜的感謝，和「謝謝你教我做料理」的感謝不太一樣。
「利瑟爾大哥，你們先坐著等一下吧，只有米飯太單調了，我來做一點配菜。」
眼見賈吉露出軟綿綿的笑容，挽起袖子這麼說，利瑟爾他們順從地坐下來。
等待米飯燜熟這十分鐘左右的時間，賈吉以毫無冗贅的俐落手法完成配菜和湯品，那道背影讓利瑟爾產生一種絕對的信賴感。
「看見賈吉這副模樣，就覺得自己還差得遠呢。」
反正目標又不是要變得像賈吉那樣，應該無所謂吧，史塔德心想。
米飯炊熟之後。

「飯剛煮好還很燙，所以……」
「沒關係，我很想嘗試這個步驟。」
「嗚、那好吧……好燙！什麼東西飛過來了！等、史塔德，停下來！」
「好燙。」
「我都說過很燙了！」
「比想像中更燙。」
「過來吧，史塔德，來沖水。」
一把抓住米飯的史塔德，被燙得猛揮手甩掉米粒。

「捏得太鬆很容易散掉，所以要稍微用點力氣喔。」
「這麼說來，旅店女主人會拿某種葉子包飯糰呢。」
「啊，確實有那種可以食用的葉子呢，帶有一點香味。」
「對呀，我之前就覺得好像有點香香的味道。」
「雖說是食用，可是那種葉子也不能直接吃……史塔德，你是不是太用力了？」
「不是你自己說要用力的嗎。」
「我明明就有說稍微……咿，米粒之間的界線快消失了……」
「要是劫爾來捏，感覺會變成再小兩圈的圓球呢。」
史塔德把飯糰捏得超級硬。

「賈吉，我捏不出漂亮的球形呢。」

「咦，我覺得不會呀……而且捏成什麼形狀都沒關係哦，每個國家的飯糰形狀都不一樣，也有人說只要讓大家各自帶飯糰來，就能看出每個人的出身國家。」

「王都幾乎都是圓形嗎？」

「我想應該是的。啊，我還看過來自其他國家的人捏成筒形哦。」

「筒形嗎……」

「史塔德，不需要挖洞、啊，你看撒出來了！」

史塔德的飯糰被挖穿了一個洞。雖然有這些小插曲，三人還是順利完成了飯糰。

桌子上擺著裝有幾顆飯糰的盤子。

大小各不相同，就當作是它的可愛之處吧，這明顯表現出了三人手掌大小和握力的差異。

「完成了呢，史塔德。」

「是的，雖然擺出來的感覺好像這個蠢材做的料理才是主角。」

「咦，我明明選了飯糰當主食的菜單呀……」

賈吉做的配菜和湯也一起擺在桌上。

主食以外的完成度確實太高了，利瑟爾對史塔德表示贊同。不過他們倆並不介意，畢竟能吃到美味料理總是值得高興。

終於能吃午餐了，三人各自落座。利瑟爾微笑想著「不知成品如何」，史塔德顯得有些期待，賈吉則是積極地往玻璃杯倒水、準備餐具，為了服務他們不遺餘力，三人各以自己的方式期待著實際品嘗。

「那我們開動吧。」

「好。」

「那、我也開動了！」

三人各自拿起自己捏的飯糰。

「史塔德，味道如何？」利瑟爾問。

「米飯的味道。」

「料理成功了呢。」

利瑟爾帶著溫暖的微笑，看著淡淡回話的史塔德。雖然看起來對於親手做料理沒什麼感慨，但他一直動著嘴巴咀嚼，應該很滿意這個味道吧。史塔德個性直率，難吃的話一定會直接說出來。

利瑟爾自己也吃了一口，剛做好熱騰騰的飯糰非常美味。

「有淡淡的鹹味。」

「是的，因為這次沒有拌任何佐料……所以我多加了一點鹽巴，這樣跟配菜比較搭。」

賈吉露出軟綿綿的笑容這麼說。

他壓根不打算讓利瑟爾他們碰到菜刀，因此打從一開始就放棄了在飯糰中加入配料的選項。以為這很正常的利瑟爾和史塔德也沒提及這件事，午餐時間就這麼和平地過去了。

接下來的一整天，史塔德都和利瑟爾一同度過。

不小心吃太飽了，所以兩人一起到大街上散步消化。來到種有樹木的廣場，坐在長椅上悠閒讀書，然後替史塔德添購衣服，時間很快就過去了。

天色不知不覺間暗了下來，晚上他們在中心街的餐廳一起用餐。雖然和午餐的菜色重複，他們還是選了有米料理的餐廳，彼此開著玩笑說「這種菜色自己還真做不來」。

「那麼史塔德，晚安囉。」

「嗯………晚安。」

就這樣，到了月亮高升的時間。

在通往公會與旅店的分岔路口，史塔德喃喃道了晚安。一道溫柔的笑容迎向他，眼神中蘊著柔和的月光，他看得出神，幾乎忘記眨眼睛。這些都不是什麼特別的事。

史塔德知道，這些利瑟爾都會毫不吝惜地給予他；只是就連一丁點，他也不希望任何一刻從指縫間溜走。

史塔德站在原地，直到看不見利瑟爾的背影，目送對方的身影消失在轉角，他才終於踏上往公會的路。手上拿著裝有新衣的盒子，感覺卻不可思議地比平常更加輕盈。

公會大多在太陽完全下山的時間關門。

這是因為大多數冒險者都會在太陽下山之前停止活動，一旦超過這個時間，冒險者們就只能放棄掙扎，等隔天再到公會來了。要是不想拖到隔天就早點回城，就這麼簡單。

打開後門，公會裡一片安靜，彷彿時間停止了一樣。

職員也全都回去了吧。史塔德毫不介意地踏入這片令人屏息的寂靜當中，只聽得見自己叩、叩的腳步聲。他往公會區域看了一眼，便爬上階梯，走向居住空間。

「……」

黑暗走廊的最深處，有光從門縫裡洩漏出來。

看來公會長已經回來了……不，也可能只是一整天都沒出門而已。史塔德沒特別打招呼就走進自己房間，徑直往衣櫃走，輕輕放下手中的盒子，然後拉開衣櫃。

這裡頭只放著制服，已經是多久以前的事情了？

明明相隔不遠，卻感覺已經過了好久。他連著盒子，把新衣服放進這個日漸填滿的空間。穿上這件衣服，一定是下一次和利瑟爾一起出門的時候了。

「（明天……）」

想到一半，他關上櫃門，輕輕呼出一口氣，站起身來。

也是在遇見利瑟爾之後，他才開始思考明天。這並不意味著什麼，對於無從注意到自身的變化、也不感興趣的史塔德來說，這件事並未帶來任何感慨。

他邊鬆開領口邊來到走廊，往狹小的淋浴間走去。

要是那個沉穩的人明天也來到公會就好了——心裡懷著這樣的願望。

同一時間，利瑟爾回到旅店。

「嗄?!不是叫你不要煮東西了嗎！」

「我確實是答應你們不會自己一個人煮呀。」

「哎唷——隊長老是這樣鑽漏洞——」

「在哪煮的？」

「我們跟賈吉借了廚房，他也教了我們很多哦。」

「……是那傢伙啊。」

「賈吉的話……那好吧，反正他一定把你照顧得很周到。那你們做了啥啊？」

「飯糰。」

這傢伙徹徹底底被看扁了，劫爾和伊雷文面無表情地想。

158

窗外傳來沙沙的雨聲。

利瑟爾在旅店的餐廳裡，端著餐後咖啡漫不經心地聽著外頭的聲音。不知是誰跑過，偶爾有幾道啪嗒啪嗒的踩水聲逐漸接近、又逐漸遠離，讓他豎起耳朵。

「貴族大人，你今天也負責看家嗎？」

「是呀。」

不過也沒送誰出門就是了，利瑟爾微微一笑。他對桌的座位上坐著一個小女孩，正和吸飽濕氣呈波浪狀的紙張大眼瞪小眼。

女孩念的那間學舍，似乎有著王都特別熱中於教學的老師。市井間的學舍沒有固定的教育水準，學生只要學會最低限度的讀寫、計算就夠了，但有些老師會教得更多。

「嗯……」

「很困難嗎？」

「嗯。」

聽見女孩小聲發出不滿的哀號，利瑟爾在心裡替她加油。

從男孩女孩們帶回來的功課看來，他們學舍老師的理念是「求知的孩子應該獲得滿足」；把生活所需的知識教給所有孩子，而渴求更多新知的孩子，則給予更深奧的知識。

感覺很聊得來呢，利瑟爾想著，把還冒著煙的咖啡端到唇邊。

「嗯……」

雨聲蓋過了雜音，人聲中斷的瞬間因而顯得特別寂靜。

碰上下雨天，基本上大家都不會外出，有些店家也不會開門。劫爾現在也在房間裡睡回籠覺吧，就像大部分冒險者一樣。

「噯，貴族大人。」

「嗯？」

聽見女孩喊他，利瑟爾悠然看向她。

「你之前的那個……音樂？好厲害喔。」

「妳是說演奏會嗎？」

「嗯！演奏會。」

她說的是之前利瑟爾和伊雷文接的樂團委託。

利瑟爾他們只是叮叮咚咚隨興敲打著礦石，不過多虧樂團成員們精湛的演奏，眼前的女孩似乎也聽得很開心。

女孩停下筆，有點不好意思地垂下眉眼。看她握緊小手、視線游移的模樣，是有什麼煩惱嗎？利瑟爾默默等她開口。

「那個、我也好想試試看。」

「嗯。」

「可是，是不是不要比較好呀。」

「為什麼這麼說呢？」

利瑟爾柔聲問道。女孩垂著眉，慢吞吞地抬起稚嫩的臉龐。

「我有好多想做的事情。」

「嗯。」

「學會新的東西就很開心。」

「嗯。」

「可是，這樣好像很奇怪……」

「會奇怪嗎？」

利瑟爾露出為難的微笑。

眼前的女孩有著相當強烈的求知欲望，就像她本人所說的那樣，學會新事物讓她非常高興吧。事實上，利瑟爾順應她的要求教導她的期間，女孩很快便學會了許多禮儀規矩。

「有人說學那些東西沒有用，為什麼要學。」

在這方面，女孩的雙親一向很感謝利瑟爾。

那麼就是女孩的朋友或其他人說的了吧，也不曉得是單純的疑問，或者是羡慕嫉妒，又或者是因為偷偷喜歡她而感到焦躁，試圖把不斷往前走的女孩留在原地。利瑟爾無從得知真相，也不會刻意探問女孩的隱私，不過唯有一件事情是肯定的。

「這問題我也無法回答，不過……」

學習什麼對女孩來說才是有用的，這就跟沒有人能預知未來是同樣的道理。這與提出那個問題的人沒有任何關係，唯有女孩自己握有選擇權。既然如此，那句話當作是說給不認識的陌生人聽也沒什麼區別。

若只想安慰女孩，告訴她不必介意這些是很簡單，不過……

「如果妳想學的話，我可以教妳讀樂譜哦。」

「！」

她大可抬頭挺胸地說這是自己的選擇。

她可以樂在其中，從中感受到喜悅，可以拚盡全力為自己想學的事情努力，這麼一來，肯定就不會在乎外界那些枝微末節的指責了。畢竟無論怎麼想，這都不構成女孩放棄任何新知的理由。

「可以嗎？貴族大人！」

「只是基礎中的基礎，如果妳不嫌棄的話。」

「好耶！」

女孩丟下筆，舉起雙手歡呼，利瑟爾也瞇起眼笑了。

「那我該做什麼？」

見女孩探出身體這麼問，利瑟爾粲然一笑，指了指她手邊。

那裡擺著一張寫到一半就被她放棄的功課。女孩不情不願地坐下來，開始努力動起筆來。看來還要花點時間，利瑟爾看著那副模樣，悠哉地品嘗咖啡。

外頭仍舊是一片沙沙的雨聲。

「這裡這麼熱鬧啊。」

餐廳的門突然打開，旅店女主人雙手端著新的咖啡走來。

她在女孩隔壁坐下，把一杯咖啡放在利瑟爾面前，然後自己也開始品嘗手沖的咖啡。看來女主人主動替他續杯了，利瑟爾道了謝。

「辛苦了，女主人。」

「你也是呀，利瑟爾先生。今天指導還順利嗎？」

「那當然，畢竟有個這麼積極的學生呀。」

女主人哈哈大笑。

利瑟爾陪男孩女孩們念書的時候，總是選在旅店的餐廳。

地點並不是他特別規定的，只不過孩子們只有在這裡才能攔截到利瑟爾，因此形成了這種必然的結果。旅店女主人也早已習慣了，在小朋友們用功時總會端些小點心來犒勞他們。她帶著慈祥的眼神，看著鄰座的女孩振筆疾書。

「沒想到居然有一天會看見冒險者教孩子們讀書。」

一手端著咖啡，女主人深有感慨地點頭。

「一開始看見利瑟爾先生的時候，根本沒想過你會當上冒險者。」

「妳已經不懷疑我了吧？」

「哎呀怎麼這麼說，我從頭到尾都沒有懷疑過你啊。」

利瑟爾倒是記得女主人那種完全不像在對待冒險者的態度。

不過那或許真的不是懷疑，而是在知道他冒險者身分的前提下採取了那樣的態度——利瑟爾決定這麼想，畢竟女主人的態度到現在也還是差不多。

旅店女主人哈哈大笑，雙手捧著溫暖的杯子開口：

「本來還擔心做冒險者不適合你啦，不過看你過得這麼開心就好。」

面對她溫暖的眼神，利瑟爾不好意思地笑了開來。

「要是覺得不適合，我就不會當上冒險者了。」

「哎呀，是這樣嗎？」

「若不是這樣，也不可能拜託劫爾。」

兩人的關係，最初是以契約的形式開始。

都拜託劫爾陪同指導他這個初心冒險者了，要是連普通冒險者的水準都達不到，那等於是害對方白費工夫；說到底，假如他真的不是這塊料，劫爾從一開始就會拒絕陪他同行，叫他不要給人找麻煩吧。更別說利瑟爾只是想取得身分證明，並不是非當冒險者不可。

「那表示利瑟爾先生，你預測得很準喔。」

「咦？」

「你現在已經是獨當一面的冒險者了嘛。」

女主人挺起胸膛這麼說。要不是她昨天還在利瑟爾他們準備去接委託的時候叮嚀「不要被奇怪的冒險者纏上喔！」利瑟爾聽她這麼說也會坦然感到開心的。受到女主人關心他很高興，也很感謝她的心意，但這實在不是送冒險者出門該說的話。

「也說不上預測，當初只是覺得我的體力有一般人平均水準而已。」

利瑟爾苦笑著這麼說，不經意看向女孩。

是碰上難題了嗎？女孩的筆尖停頓了一會兒，最後放棄似的跳到下一題。

「一方面也是想挑戰無法預測的事物吧。」

滴滴、答答，他側耳傾聽不知何處傳來的雨滴聲。

不存在於原本世界的「冒險者」制度，或許能達成這個願望，當時他是這麼想的。利瑟爾不曾覺得自己不自由，但他仍然想著，這麼一來或許能理解真正的自由是什麼感覺。

這樣的想法確實存在。

「挑戰之後覺得怎麼樣呀？」

「非常有樂趣。」

「看得出來！」

除了迷宮之外的其他方面也是，比他想像中還要自由百倍，有趣極了。結果圓滿就好。

「寫完了！」

和女主人談笑了一會兒，專心致志寫著功課的女孩唰地抬起臉來。

「你看你看！」她拿起整張作業展示給利瑟爾看，整張小臉閃閃發亮，懸空的一雙小腳在桌子底下迫不及待地踢動。

「我們來對答案吧？」

「嗯！如果全部都答對了，要教我音樂喔！」

「哎呀，那我來給用功的好孩子準備一些獎勵吧。」

女主人說著，端著自己的杯子、以及利瑟爾喝完的第一個空杯離開座位。

利瑟爾也從女孩手中接過作業，開始瀏覽。題目比起剛遇到女孩的時候更難，有趣的諺語也增加了。其實這種小地方確實與他原本的世界有所差異，利瑟爾也勤於吸收這方面的新知。

「The cunning mason works with?（熟練的石匠？）」

「Any stone!（不挑石頭！）」

利瑟爾問了剛才讓女孩停筆的題目，立刻聽到她朝氣蓬勃地回答。

答對了，利瑟爾微笑說道，女孩也開心又不好意思地咯咯笑起來。

「寫完了嗎？來，阿姨請妳吃餅乾。」

「哇，好棒！」

全都答對了，利瑟爾把作業還給女孩。

這時候，女主人在白色盤子上堆滿了扁平的圓餅乾，回到餐廳裡來。她一把盤子放上桌，令人食指大動的香味就傳入鼻腔，好像還聞到一點蜂蜜的甜香。

小手馬上迫不及待地伸向餅乾，利瑟爾也一邊打趣地想著「這樣劫爾就不能吃了」，一邊拿起一片餅乾，咬了一口，口感非常酥脆。

「好好吃！」

「很好吃呢。」

「那太好了，你們多吃點啊。」

她總是一逮到機會就叮嚀大家多吃點、多吃點，是典型的媽媽型老闆娘。

「那我就去打掃囉。」

「慢走。」

女主人輕快地把一片餅乾放進嘴裡，從座位上起身。

利瑟爾目送她離開。在他面前喀滋喀滋吃著餅乾，吃到雙頰都鼓鼓的女孩想起什麼似的猛抬起臉，吞下嘴裡的東西，然後挺直了背脊。

「貴族大人，你要教我什麼呀？」

「那麼就從音階開始吧，等我一下哦。」

利瑟爾離開餐廳去拿紙筆。

他爬上樓梯，來到自己房間，床上那團鼓鼓的被子裡，露出赤紅色的髮絲，是昨晚在這裡留宿的伊雷文。他似乎睡得很熟，毛毯微微上下起伏，看得利瑟爾忍不住微笑。不過女主人本來替伊雷文準備了其他房間，他本來應該睡在那裡才對的，出現在這裡讓人有點納悶。

早上起床的時候他還不在這裡呀，利瑟爾邊想邊往掛在椅子上的腰包裡翻找東西。他拿了筆、墨水瓶、幾張紙，靜靜走出房間。

「久等了。」

「不會！」

回到餐廳，他重新在女孩對面坐下。

利瑟爾在桌上攤平紙張，寫上七個記號，女孩也湊過來看。

「這七個記號是所有音樂的基礎，Fiu、Due……最後是Zio。」

「這是它們的名字？」

「沒錯，是記號的名字，也是音的名字。」

他慢慢解釋，讓女孩也能聽懂。

這時候真想要一臺鋼琴，不過手邊沒有也沒辦法。就像在雷伊家中見過那樣，即使在上流階級當中，也只有進得了王宮的貴族才可能擁有鋼琴。從地理上來說，這種樂器在更往西邊一點的地帶更加普及。

如果能從寶箱開出來就好了——利瑟爾一瞬間這麼想，立刻又自我警惕地打消這個念頭。他所追求的不是那種奇怪的特別待遇，只想要一般的回復藥而已。希望平常能從寶箱開出回復藥這些普通道具，然後運氣好的時候開出傳說寶劍。

「唱出聲音的話，從左邊開始是……哼——哼——哼——大概是這個音高吧。Fiu、Due……」

「越來越往上面！」

「聲音的講法是變高喲，聲音變高、變低。」

「喔——」

用唱的實在很難呈現出完美的音階。

不過也沒有必要特地為此搬出小提琴，利瑟爾於是繼續說明下去。

「唱到Zio之後，再一次回到Fiu。這七個記號是一組，妳可以想像它們上下疊在一起，表現出高低不同的聲音。」

「嗯——」

「邊看著樂譜邊聽曲子就能大概知道是什麼意思了，不用擔心。」

「嗯！」

「那麼，關於樂譜……」

利瑟爾在七個記號下方畫了一條橫線。

他在線的左端畫上一個記號，接著往右，在線的上方、下方，以及與線重疊的中央都畫上記號。隨著國家或專業程度不同，樂譜也有各式各樣的形式，這是最基本的一種。

「好可愛——」

「是嗎？」

女孩子特有的謎之可愛評語。

還沒有覺得樂譜可愛過呢，利瑟爾仔細審視著自己畫的樂譜這麼想。

「最左邊是開始的第一個音，接下來往右邊讀。下個音要是跟這條線重疊，就代表它和左邊的音位在同個音階。要是在線的上方，就是高一個音階，下方就是低一個音階的音。」

「那也有高兩個音階嗎？」

「有呀，很好的問題。」

利瑟爾在橫線上方畫一條短線，在上面畫上記號。

「這就是高兩階的音。」

「好厲害！這是什麼歌？」

「沒有，只是我隨便畫的。如果能找到妳熟悉的歌曲樂譜就好了。」

首先，利瑟爾根本不知道王都的小朋友們認識哪些歌謠。

樂譜能從哪裡取得呢？在利瑟爾思索的時候，外面忽然傳來馬蹄踩踏石板地的聲音，在冷冷的雨聲中不可思議地帶來一股溫暖的感受。

蹄聲規律，不過彼此重疊，聽起來不只有一匹馬。在這種下雨天還真難得，利瑟爾側耳聽著馬蹄聲通過，聲響卻出乎意料地在旅店附近中斷了。

「馬車？」

「在附近停下來了呢。」

女孩也注意到了。

為了避免濕氣悶在室內，餐廳門扇敞開，可以看見門另一頭的玄關。兩人不經意往那邊看了看，但又覺得和自己無關，於是默契地將目光轉回紙面上。

然而，旅店大門外立刻響起了敲門聲。

「好了好了，馬上就來！」

女主人一手拿著掃帚，踩著啪答啪答的腳步聲趕到玄關。

是郵件嗎？利瑟爾想起那些下雨天仍然在外奔波的郵務公會職員。這時玄關那邊一陣騷動，正想繼續展開音樂講座的兩人再次看向那裡。

「總之您快請進吧！站在那裡會淋濕的！」

「不好意思，突然打擾。那我就不客氣了。」

「我現在就拿咖啡過來！」

女主人哎呀哎呀地催著來客進門，拍著微濕的肩膀現身門口的，是個相貌端整、適合快活笑容的男人。利瑟爾眨眨眼睛，女孩傻愣愣地張著嘴，那個男人往餐廳裡一看，瞬間露出了華貴的笑容。

「利瑟爾閣下，好久不見呀！」

「雷伊子爵。」

雷伊舉起一隻手制止利瑟爾起身，稀奇地環顧四周，然後毫無顧忌地走進餐廳。

他跟身後的背景真是格格不入呀，利瑟爾感嘆地想，也不管自己有沒有資格說別人。

「這趟是出來欣賞雨景嗎？」

「當然——我很想這麼說，不過其實是剛從公會回來。」

他是難得到了這附近，所以順便繞過來看看吧。

今天下雨，所以我想你應該在旅店，雷伊笑著這麼說。幸好雙方沒有錯過，利瑟爾聽了也露出微笑。雷伊看起來不像有什麼要事找他，真的只是順路來見他一面而已。

「哎呀。」

忽然，雷伊看見仰望著自己傻在原地的女孩，以及桌上的樂譜。

「失禮了，這位小姐，我是不是打擾妳上課了？」

雷伊露出直率的笑容這麼說，利瑟爾也保持微笑看向小女孩。

本來不知所措地愣在原地的女孩慌張地回頭向他求助，不過利瑟爾什麼也沒說，只是偏了偏頭。因為女孩早已知道這時候該怎麼做，也有能力實踐所學。

看見他們的互動，雷伊也察覺了一二，金色眼眸中蘊含著饒有興味的色彩，靜靜等待女孩行動。

「……那個！」

女孩下定決心似的開口，小手握緊了椅背。她伸長了原先緊張得縮在一起的雙腿，不發出聲音輕巧地下到地面，剛才抓著椅子的手伸向自己的裙襬。

雖然握得有些用力，她還是輕輕拉起布料，屈膝行禮。

「很榮幸見到您，子爵大人！」

「謝謝妳美好的問候，這位小淑女。」

雷伊在女孩面前跪下。

他對著戰戰兢兢抬起臉的女孩眨起一隻眼睛，溫柔地捧起她的雙手。

「能遇見這麼美麗的淑女，下雨天也不壞呢。」

「！」

女孩整張臉閃閃發亮，回頭看向利瑟爾。

眼見利瑟爾讚許地點頭，她開心得紅了臉頰，害羞地縮了縮肩膀，在雷伊放開她的手、站起身之後，才興匆匆地爬上利瑟爾隔壁的椅子坐好。或許是藏不住開心的心情，一雙小腳坐立難安地晃來晃去，不過現在還是先不要告訴她吧。

「下雨天你們不接委託嗎？」

「通常不會接呢。」

「我想也是，雨天做什麼都更麻煩。」

雷伊在他對面坐下，看起來不趕時間，今天要辦的事情多半都處理完了。

利瑟爾如此推論，看著雷伊毫不抗拒地品嘗著女主人客客氣氣端出來招待他的咖啡。不過以雷伊的作風，也無法斷言就是了。在乖乖坐著的女孩身邊，兩人愉快地聊著無足輕重的瑣事。

過一會兒，傳來走下階梯的腳步聲。

「哦，你也在呀。」

「……啊？你怎麼在這？」

打扮隨興的劫爾出現在餐廳，他有點慵懶地看著雷伊，露出詫異的表情。

感受到女孩往自己身邊縮了縮，利瑟爾指向完全涼掉的咖啡問：

「要喝咖啡嗎？」

「不用，我去倒水。」

利瑟爾目送劫爾穿過餐廳，身影消失在廚房。

他應該是找到玻璃杯喝了水，還悠哉休息了一下，過一會兒才從廚房走出來，手上拿著裝滿水的玻璃杯，眉間卻帶著點微妙的皺摺。

利瑟爾一邊和雷伊閒聊，側眼往那邊看了看，朝劫爾招手。

「劫爾。」

對方把玻璃杯遞了過來。利瑟爾將手覆在上面，水面開始結起薄冰。

「嗯。」

劫爾出聲示意他夠了，利瑟爾於是停止注入魔力。劫爾一邊轉身折返，一邊搖晃著玻璃杯，把形狀歪扭的冰塊打散，直接就著杯緣喝了一口，讓冰涼的水流進喉嚨。他就這麼走出餐廳去了。

雷伊忽然笑出聲來。

「看來一刀也很任性呢。」

「喝酒的時候也是，偶爾會抱怨酒不夠冰哦。」

「喔，這種感覺我也很能理解。」

雷伊蹺著腿舉起咖啡杯，演員般誇張的小動作還是這麼適合他。

這算是喝酒的人共通的體驗嗎？利瑟爾這麼想著，一旁很感興趣地聽著他們對話的女孩不可思議地抬頭看他。

「溫溫的酒不好喝嗎？」

「不知道呢，不過我也聽說有人喝熱紅酒。」

「是啊，萊納睡前常常喝。那種酒呀……雖然能暖和身體，但不是想喝酒的時候會喝的東西。」

「哦——」利瑟爾和女孩佩服地點頭，雷伊笑著補充：

「紅酒加入香料和蜂蜜，還有檸檬之類的，小淑女妳一定也會喜歡。」

「感覺好好喝！」

「會喝醉喲。」

「才不會！之前爸爸把酒分給我一點點，我沒有醉。可是酒好苦喔。」

利瑟爾沉默了。

三人就這樣聊了一下子。直到雷伊喝光了第二杯女主人戰戰兢兢沖好的咖啡，毫不減弱的雨聲無意間吸引了雷伊的注意力，使他往窗外看了看。

「好了，那我差不多該告辭了。快樂的時光過得真快。」

待得比預期中更久了些，他依依不捨地站起身來。
看著他熟練地理好衣襟，利瑟爾忽然想起什麼似的開口。
「對了，子爵，我有事想拜託您。」
「嗯？請儘管說不用客氣。」
「您知道哪裡買得到練習用的樂譜嗎？」
喔？雷伊一臉意外地停下手邊動作。
女孩不知道該怎麼送客，原本緊緊抓著自己的裙子，一聽猛地抬起臉來。
「樂譜呀。中心街的店家我倒是可以介紹給你，只是……」
「是呀。」
利瑟爾沉吟著思索。
對於利瑟爾個人來說無所謂，只是如果要把樂譜送給女孩，就會產生其他問題了。別看他這樣，利瑟爾每天都在學習怎麼跟左鄰右舍交流。旅店女主人告訴過他，擅自把太貴重的東西送給小朋友不太好，順帶一提，這是利瑟爾想把收到的甜點分送出去時聽說的。
有一種外觀看起來像美麗寶石的點心，通稱就叫「寶石糖」，最近在上流貴族之間相當流行，就連貴族自己也很難買到。但就是眼前這位雷伊子爵，輕描淡寫地說著「這也是別人送我的，不嫌棄的話請拿一些吧」，直接把這種點心送給了他。
外觀這麼漂亮的甜點，孩子們一定很喜歡吧，利瑟爾沒有多想就分給了小朋友們。對於時下流行與街坊傳聞相當敏感的女主人一眼看出它們的價值，才提醒了利瑟爾。不過最後利瑟爾還是說著「偷偷請你們吃這一點就好」，拿給小朋友們吃了，女主人當然也沒放過這次品嘗的機會。

「啊，這樣的話……」

就在利瑟爾想到可以提出委託【募集王都童謠】的時候，雷伊說話了。

他露出惡作劇般的笑容低頭看著利瑟爾，彷彿想到了妙計。

「我晚點派人把萊納以前用過的樂譜送過來吧。」

「可以嗎？」

「當然可以。我們家有個什麼東西都想留下來的老爺子，那些譜一定還留著。」

雷伊說著站起身來，女主人注意到他要離開，連忙走到玄關。

旅店女主人打開門，和門外等候的馬車夫說了一聲。從門縫裡看見的天空仍然陰暗，雨還沒有停止的跡象。陰雲密布的天空底下，身披外套的車夫開始檢查馬匹的轡繩。

馬兒站在遮雨棚下從鼻子哼氣，嫌棄濕掉的鬃毛似的甩了甩頭。

「我會在今天內派人送來，那就敬請期待囉，小淑女。」

「謝、謝謝您！」

「太感謝了，子爵。」

雷伊揚起一隻手，走出餐廳，和前來送行的女主人打了聲招呼，然後從容地坐進馬車。

擦洗得光可鑑人的車廂消失在玄關四方形的門框之外，旅店女主人這才終於放鬆下來。她呼出一口氣，關上玄關的門，快步走回餐廳。

「這是利瑟爾先生所有客人裡最讓我緊張的一次。」

「嗯？還真難得呢。」

「哎呀，別開我玩笑了！」

面對劫爾和伊雷文都不露懼色的女性，居然會緊張嗎？看見利瑟爾有趣地瞇起眼笑著這麼說，女主人板起面孔，雙手扠腰：「真是的！」

吃完午飯，利瑟爾在餐廳享受閱讀時光。

既然雷伊說要送他們樂譜，利瑟爾決定先中斷音樂課，等到有了樂譜再說。女孩坐在利瑟爾身邊，開心地看著紙上的音階記號。以遠處的雨聲為背景，餐廳裡偶爾響起從第一唱到第七個音的清澈童聲，以及緩緩翻頁的紙張摩擦聲。

悠閒的時間在餐廳裡流淌。

「啊……肚子餓啦。」

過了一會兒。

到了女孩熟背所有符號，開始讀自己的書的時候，伊雷文一聲不響地出現在餐廳，平時紮成一束的頭髮披散在身後。他睡眼惺忪地走向廚房，把臉探進門裡說：

「我肚子餓，幫我做點吃的——」

「真是的，在這種時間起床……好、好，馬上準備！」

聽見女主人中氣十足的回應，伊雷文顯得很滿意。

看到他摸著肚子上的鱗片走過來，女孩從書本上抬起視線。

「大哥哥早安！」

「那是我的位子。」

「對、對不起……！」

聽見伊雷文邊打呵欠邊這麼說，女孩急忙跳下椅子，換到對面的座位。利瑟爾察覺動靜也抬起臉來，對著理所當然地坐上隔壁椅子的伊雷文露出苦笑。

這時要是責怪伊雷文，他肯定會光明正大地鬧彆扭，還把責任全推到女孩身上。即使對方還是個小女孩，他還是會討厭她，就像平常對待厭惡的對象一樣。這麼一來反而更危險，利瑟爾決定晚點再安慰乖巧的女孩。

「早安，伊雷文。」

「嗯——」

「你看起來很想睡呢。」

「睡太久了好累……最近幾乎沒啥睡。」

伊雷文眼睛都睜不開，整個人趴到桌子上，利瑟爾摸了摸他的頭。

因為眼前還有女孩在的關係，他沒有往那隻手上蹭過來，伊雷文不喜歡在有外人在場的地方那麼明顯地撒嬌。
「很忙嗎？」
「沒啦，只是晚上想到處晃晃而已。」
還以為他有什麼地下活動，結果似乎不是。
不對，不能因此確定他真的什麼也沒做。對於伊雷文來說無足輕重的小事，根據前例也可能創造出威脅國家安危的盜賊團。不過雷伊並未提起任何治安問題，可以肯定伊雷文沒搞出什麼大事就是了。
「大哥出去了喔？」
「沒有，他不在二樓嗎？」
「好像不在欸。」
看來劫爾不知何時出門去了。
即使在下雨天，劫爾也時常出門，披上優質素材製作的外套，除了雙腳之外幾乎不會浸濕。也可能只是到後面抽根菸而已。
「下雨喔——」
伊雷文趴在桌子上伸展身體。
「雨天用的外套，再換件新的好了……」
「伊雷文，每次見面你是不是都穿不同的外套來呀？」
「有嗎？」

下雨天三人一起出門的機會不多。

不過接下「採集只在雨天開放的花」之類的委託時就會一起外出，這時候利瑟爾總會看見伊雷文穿著花樣美觀的外套，大多都是正反兩穿的款式。有一次，利瑟爾問過他為什麼；不出所料，伊雷文給出的是很有前盜賊風格的答案。

「都穿一樣的很容易膩嘛。」

「裝備就無所謂嗎？」

「要是做得出同等級的裝備，我是很想換啦。」

原來如此。在利瑟爾了然這麼想的時候，旅店女主人端著大盤子走了過來。盤子裡裝著滿滿的帕斯塔麵。利瑟爾和女孩只吃一小盤就夠了，但伊雷文可不一樣，不管是剛睡醒還是任何時間，總是胃口大開。

「快吃吧，記得細嚼慢嚥啊。」

「謝啦——」

伊雷文接過盤子，迅速拿叉子撈起麵條，視線往上看向利瑟爾。

「我們之前不是獵到了圖皮蛙嗎？」

「啊，你說那時候的……」

「對啊，就是遇到稀有花紋那次。」

是他們先前在迷宮深層遇到的魔物。

利瑟爾回想起那些帶有各式各樣花紋的魔蛙。迷宮淺層的圖皮蛙，以顏色黯淡的斑點花紋居多，但一旦到了深層，就開始出現點點、格紋、幾何圖形等等色彩鮮艷的花樣。在希望兼顧裝備美觀與性能的冒險者之間，牠們是很受歡迎的魔物。

伊雷文似乎很喜歡那天那隻五顏六色又賞心悅目的噴漆紋。

「很稀有嗎？」

「很少看到啊，髒髒的那種噴漆紋倒是看過。」

花紋稀有與否，全憑冒險者們的獨斷與偏見來決定。

「就拿那張皮來做吧——」

側眼看著伊雷文把帕斯塔麵扒進嘴裡，利瑟爾也回想起自己的防雨外套。

利瑟爾那件是有袖子的外套，和其他裝備一樣，是剛到這裡來的時候交給劫爾準備的衣物。不愧是由最上級素材製成，穿到現在完全感覺不出防水性有任何減弱，不過還是替換一下比較好嗎？

他這麼想著，在一盤接一盤清空餐點的伊雷文身邊繼續讀起書來。

伊雷文也吃飽了，還是他們幾個人在餐廳裡打發時間。

「果然還是不要那個……客氣？才表示感情很好嗎……」女孩說。

「嗄，為啥？」

「這種思路很可愛呢。」

「喔——小鬼可能會這樣想啦。」

「不是這樣嗎？」

「不，那也是一種判斷標準，畢竟以小朋友的年紀也還沒有地位的差別。」

「可是對人『不客氣』的最高級不就是『可以隨便殺掉』嗎，感情一點也不好吧。」

「真的耶……」

利瑟爾在看書，女孩在畫畫，伊雷文則是百無聊賴地吃著女主人烤的餅乾。

他們有一搭沒一搭地閒聊，由於伊雷文隨興插話的關係，話題常常往危險的方向傾斜。在利瑟爾不著痕跡地補充說明，以免給女孩留下負面影響的時候，外面忽然傳來踢牆壁般粗暴的聲響，嚇得女孩肩膀一跳。

「咦、咦？」

「不用怕哦。」

緊接著，牆壁外側傳來哐啷哐啷什麼東西崩塌似的聲音。

女孩慌張地放下炭筆，跑到利瑟爾身邊。利瑟爾把手放在她肩上安撫，同時闔上書本，轉向聲音的方向，如果只是有人受不了下雨天，在跑過巷子的時候勾到什麼東西就好了。

他這麼想著看向身旁，發現伊雷文正看著天花板，一邊咬碎嘴裡的餅乾。

「技術真爛。」

他嫌無趣似的喃喃這麼說道，同時外面傳來一陣騷動。

同一時間「咚咚咚」地響起有人在旅店上方跑動的聲音，隨著聲響移動，小女孩把利瑟爾的衣服抓得更緊了。

「誰在我們家的屋頂上亂跑！要是踩壞了會漏水啊！」

旅店女主人氣憤地走向玄關。

「伊雷文？」

「放著不用管啦，沒事。」

那就好，利瑟爾看著女主人打開玄關大門。她盡可能從不會淋濕的地方探出身體，手掌搭在眼睛上方遮擋雨滴，往屋頂上大聲吆喝。

「喂！你們在幹什麼！」

「靠，慘了……唔哇！」

上面傳來似曾相識的聲音。

利瑟爾眨眨眼睛的瞬間，有個人伴隨著一聲慘叫掉到女主人面前。小女孩嚇得縮起肩膀，利瑟爾摸著她細軟的頭髮，偏著頭打量門口的情況。掉到地面的人看來成功採取了緩衝姿勢落地，一邊摸著撞疼的屁股一邊站起身來。

「喂艾恩，你沒事吧！」

「摔得好大力。」

「囉嗦欸——」

「哎呀，是你們，好久不見啊。」

「啊？呃、嗯……啊，這裡是那家旅館喔！」

「阿姨好久不見！」

艾恩的隊友們一個個來到旅店前面集合。

他們每次拜託利瑟爾解讀暗號的時候，一定都會見到旅店女主人，解讀暗號那段期間早就把這裡的餐廳當自己家，女主人還請他們喝茶，算是很照顧他們。他們對彼此都有印象，女主人訓話時也因此留了點情面。

「這不是淋得全身濕透了嗎，進來吧，阿姨泡熱茶給你們喝。」

「謝謝啦。」

「謝謝阿姨——」

看他們從頭到腳全身浸水，旅店女主人也無法置之不理。

她無可奈何地邀請他們進屋，艾恩一行人也毫不客氣地跨著大步走進旅店。他們全身上下一直有水滴落地面，女主人跟在後頭拿毛巾擦拭。

「真是的，怎麼在這種下雨天出外亂跑呀？」

「這也不是我們願意的嘛。」

這時候，艾恩無意間看見了利瑟爾。

「喔，利瑟爾大哥！」

「真假？對喔是下雨天，難怪在家。」

「完蛋，我們剛剛爬上人家屋頂欸！」

「靠，獸人也在……」

髮梢滴著水，艾恩他們熱熱鬧鬧地擠進餐廳。

不過還沒進門，就被利瑟爾制止了。畏怯地探出臉的女孩還緊抱著他的手臂，利瑟爾舉起空著的那隻手，手掌向著艾恩他們，示意他們等一下。一群大男生瞬間停在原地。

「先擦乾淨。」

艾恩他們垂頭喪氣地退出去，伊雷文哼笑一聲。

利瑟爾沒多理會他們，低頭看向女孩。她雖然躲在利瑟爾背後，卻坐立不安地偷看艾恩他們，目光牢牢鎖在艾恩身上——精確來說，是盯著他懷裡的東西。

「都是你啦，害我連內褲都全濕了。」

「喵——」

那是一隻貓咪，正被他們拿著全新的毛巾擦拭身體。

牠本來應該有著純白的漂亮毛髮，可是在泥濘中東奔西跑過後，四隻腳和腹部都弄得髒兮兮的。或許是不滿意他們粗暴的擦拭手法，儘管被艾恩他們抓著，貓咪還是不斷扭動身體掙扎。

「看這樣子得替牠洗澡了。來，交給阿姨吧，喝的我放在這了。」

「喔真的嗎，太幸運啦！」

「麻煩阿姨了——」

「哎呀，你要好好把牠抱起來啊！」

抓著後頸把貓咪拎過來的艾恩被訓了一句。女主人拿毛巾裹住那隻貓，把牠接了過來，剛才還在撒野的貓瞬間乖順下來。艾恩一行人目送一人一貓離開，嘴裡碎念「這貓真不可愛」。

女孩一副想看貓咪想得不得了的樣子，利瑟爾敦促她跟過去，女孩於是高興地跑向女主人，可是……

「喔，有小朋友！」

「好小喔！」

「要吃糖果嗎？」

一出餐廳，女孩當然就被聚在玄關的艾恩他們發現了。

一群男人脫下裝備，打著赤膊在擦拭頭髮和身體，被這樣的人群搭話，對女孩來說果然還是有點可怕吧，即使她曾經在盛怒之中直闖冒險者公會也一樣。

艾恩他們吵吵鬧鬧地圍住她，七嘴八舌地跟她說話，還拿糖果給她吃，女孩一時間被嚇得不知所措，不過她立刻凜然吊起眉毛，一字一句清晰地說：

「各位貴安!!」

「貴、貴安……」

女孩徑直跑向淋浴間，把一群啞然的男人拋在身後。

「太猛了吧，這裡還有公主喔……」

「畢竟是利瑟爾大哥住的旅店嘛……」
「那會不會是他女兒啊……」
「我聽見囉。」
遇事硬闖這點確實跟利瑟爾越來越像了，伊雷文暗自想道。
利瑟爾無從得知他的想法，只是露出苦笑，艾恩他們這時也終於回過神來。渾身已經不再滴水的大男生們把毛巾披在頭上、掛在脖子上，一個接一個走進餐廳。手上端著女主人準備的熱茶，他們走向利瑟爾那一桌。
「利瑟爾大哥，你今天休息啊？」
「是呀。艾恩你們去接委託？」
「對啊，雖然下雨天，但就想說沒差嘛，而且報酬還給到兩倍，我們就接了。」
「跑了超多地方欸。」
「東跑西跑根本都找不到。」
聽起來事情是這樣：他們沒確認委託內容就接下了，結果是個尋貓委託。飼主肯定也心疼愛貓下雨天在外面迷路，還特地付出兩倍的報酬尋找貓咪，一定會很感謝艾恩他們的。看他們隨便蹲坐在椅子上抱怨，利瑟爾露出慰勞的微笑。
「辛苦了，吃點甜的……」
他正想遞出餅乾盤的瞬間，伊雷文把盤裡的餅乾全部一掃而空。
「伊雷文。」

「嗯——？」

所剩不多的餅乾全被他塞進嘴裡。

伊雷文動著嘴巴咀嚼，臉上全無反省之色，利瑟爾按了按他鼓脹的臉頰，他也一臉若無其事。

「不好意思，艾恩，餅乾沒有了。」

「沒事啦，我都看到了，不是利瑟爾大哥的錯，都是這傢伙。」

艾恩挑釁地踹了伊雷文的椅子一腳，腳反而被對方狠狠一踩，痛到說不出話。

「有一天我一定要揍扁你……！」

「那你加油喔！」

餐廳裡氣氛一觸即發，不過一旁傳來女主人和女孩的聲音，緊張的氛圍隨之煙消雲散。

那是驚訝的叫聲。發生什麼事了？往那邊一看，先聽見的是咚咚咚什麼東西迅速跑動的聲響，利瑟爾他們在這時就察覺了狀況。在他們視線另一端，被洗得乾乾淨淨、渾身是水的貓咪跑過玄關前方。

「跑掉了！貓咪！」

女孩剛才應該和女主人一起替貓咪洗了澡。

紮著裙子下襬的女孩追著貓咪，從門另一側的左邊往右邊跑去，艾恩他們也急忙放下杯子，跑出餐廳去追貓。玄關的大門已經關上，避免了貓咪跑到外面去的最糟情況。

利瑟爾和伊雷文坐在原位，悠閒地看著一群人手忙腳亂的熱鬧光景。

「啊，不可以，不准去二樓！」

「哇！好危險，牠跳走了！啊，好厲害，漂亮落地！」

「抓到……你啦——！」

艾恩從門右邊往左滑，消失在門後的空間，貓踩在他背上。看起來真好玩。

「你不去幫忙嗎？」

「又不是我的委託。」

利瑟爾打趣似的問，伊雷文也乾脆地這麼回應。

利瑟爾也保持旁觀立場，畢竟要是艾恩他們抓不到，自己多半也束手無策，在旅店裡總不可能用魔法困住貓咪吧。就在他們倆優雅地隔岸觀火的時候……

面對守株待貓的艾恩他們，貓咪一個絕妙的轉身，直接闖進餐廳。

「利瑟爾大哥抓住牠！抓住牠！」

那麼嬌小的身軀，為什麼擁有那麼強烈的存在感呢？

咚咚咚咚，貓咪發出不符牠體格的腳步聲全力衝刺，精準跳上利瑟爾他們那一桌，懸空的屁股差點沒掉下去，不過仍然成功爬上桌子。回應艾恩的呼喊，利瑟爾悄悄伸出手，果然被貓躲開了。

「啊，牠要跑出去了！」

「哇啊——等一下啦停停停停！」

靠近利瑟爾他們那一桌的窗戶，由於雨不會飄進來的關係是敞開的。

答……貓咪縱身一躍，輕輕降落在窗框上，前腳、後腳交錯踏著靈巧的步伐，一溜煙消失在窗戶的另一側。

「好不容易洗乾淨的……」

「好不容易才抓到的……」

女孩失望地垂下肩膀，在她身邊，艾恩他們掩著臉，難以承受如此重大的打擊。

如果能幫上什麼忙就好了——正當利瑟爾這麼想的時候，有人戳了戳他的肩膀，怎麼了嗎？往那邊一看，伊雷文面帶賊笑，指向窗戶。

轉頭一看，劫爾就站在窗外，臉色略顯無奈地拎著貓咪後頸。

「喂，這傢伙跑來蹭我了。」

「唔喔喔喔劫爾大哥!!劫爾大哥——————!!」

「一刀——————!!」

「吵死了……」

就這樣，平安捕獲的貓咪從窗口被送回屋內，又進了淋浴間一次。

貓咪被洗得乾乾淨淨，毛也擦乾之後，眉開眼笑的艾恩他們就帶著牠回公會去了。

女孩目送一行人離開時，眼神充滿不捨，今晚她的雙親或許會遭到「我想養貓

咪」的攻擊。

「貴族大人，你看！」

「太好了呢。」

不過，攻擊力道也會受到其他感興趣的東西稀釋吧。

看見女孩拿在手上的幾張樂譜，利瑟爾也和她一同露出高興的微笑。

「希望這當中有妳熟悉的曲子。」

雷伊說到做到，多半是一回到宅邸就立刻差人找出了樂譜。

艾恩他們前腳剛走，立刻就有馬車抵達旅店，雷伊派來的使者帶著說好的樂譜現身。利瑟爾向使者道了謝，收下樂譜交到女孩手中的時候，女孩高興得都要跳起來了。

利瑟爾也過目了一下，樂譜確實相當簡單，應該是王都的童謠吧。

「那啥啊？」

「雷伊子爵送的。」

「是喔——」

看見利瑟爾和女孩回到餐廳，伊雷文主動問了一聲。

不過問歸問，他其實也不感興趣，於是打了個呵欠站起身來。

「我睏了……去睡覺啦。」

「好好睡哦。」

「嗯——」

利瑟爾目送伊雷文離開餐廳，在椅子上坐了下來，女孩也立刻在他身旁坐下。
餐廳外，剛從外面回來的劫爾和伊雷文剛好碰個正著，兩人一邊聊著「那隻貓是怎麼回事」、「你到底是怎麼捉到的」，一邊爬上樓梯。
利瑟爾再次審視那些樂譜。酒館的小提琴聲、街角的街頭藝人、不知哪裡傳來的孩童歌聲……利瑟爾不知道哪些才是常見的童謠，因此一行行尋找這些在王都曾經聽過的曲調。
「第一次跟貴族大人待在一起這麼久。」
忽然，女孩有點害羞的聲音傳入耳中。
這句話多半不是說給他聽的，不過利瑟爾還是看向身邊，微笑著偏了偏頭。
「是否替妳排解了一點無聊呢？」
「不是一點唷，是很多！」
女孩露出花朵綻放般惹人憐愛的笑容，開口表達出心中湧現的喜悅。
「謝謝你，貴族大人！」
「我也要謝謝妳。」
相視而笑的兩人，就這麼度過了難得熱鬧的下雨天。

159

這裡是王都一間氣氛近似酒吧的大眾酒館，時間接近午夜，客人也漸漸散了。

利瑟爾獨自坐在酒館內的吧檯席位，吃著醋漬炸雞佐青蔬，配雞尾酒，當然，不含酒精。他早就決定今天要在這間酒館悠閒度過，因此安排在這個偏晚的時間吃晚餐。

「魚料理嗎……我們這裡賣是有賣，不過……」

「要找到海魚果然還是很困難呢。」

他和老闆這麼聊著。

在阿斯塔尼亞，利瑟爾第一次嚐到產地現撈的鮮魚，很快就懷念起那種美味。也不是非得吃到不可，只是可以的話很想嚐嚐。

「有那麼好吃啊？」

「那是自然。」

「那還真想進到貨啊。」

老闆放鬆了平常不苟言笑的表情，微微笑道。

他身後擺滿酒瓶的層架，約在腰部高度的那一格拆除了深處的隔板，與廚房相通。一隻手從那裡出現，敲了敲層架底板。

無論從酒館裡哪個角度，都只看得見那位大廚的腰部和手臂，手看起來也男女莫辨。利瑟爾一次也不曾當面見過那位負責烹調的大廚，雖然只要知道對方的手藝有多精湛，也就足夠了。

「不好意思啊。」

「咦？」

老闆從大廚手上接過一個盤子，端到利瑟爾面前。

「廚師說，我們家的魚料理也不會遜色。」

低頭看向盛著白色魚肉的盤子，利瑟爾笑了出來。

叉起一口送進口中，魚肉緊緻，能清楚品嘗到素材本身的美味。醬汁使用了清爽的柑橘類，風味清淡，與這道菜細緻的口感搭配起來卻十分絕妙。

「非常美味。」

總覺得層架另一側的大廚在等待他的反應，利瑟爾於是說出感想。一隻手立刻出現在層板上，豎起大拇指，像在跳舞那樣愉快地朝他晃了晃。

廚師的身影往旁邊消失不見，應該是回去繼續烹調了。從層架的空隙間，可以看到裡側有一定縱深的廚房風景。利瑟爾看著看著，忽然對上老闆的目光，開口說道：

「我一直都覺得這家店的料理是絕品。」

「這樣啊。」

「尤其是自己動手嘗試之後，就知道做出這樣的菜餚有多不簡單。」

「……你說自己做料理？」

「是呀。」

利瑟爾就這麼開心地聊起自己煮咖哩的經驗。老闆剛開始還有點驚訝，後來還是靜靜點頭聽完了利瑟爾的分享。

隔天，利瑟爾來到公會，目光停留在一張委託單上。

他毫不猶豫地拿起那張B階委託：【取得「望主狼」的角】。

「馬上決定欸。」

「決定接那一個？」

「是的。」

難得看他立刻決定，劫爾和伊雷文探頭看向那張委託單。

利瑟爾指了指委託人那一欄，有趣地笑了。

「昨天明明可以直接跟我說的。」

上頭記載的，是他昨晚才剛剛光顧的酒館店名。

從委託內容看來，委託人多半是那位不露面的廚師。平常總是吃他親手烹調的美味菜餚，就算他直接指名委託，利瑟爾也不會拒絕的。

「望主狼，第一次聽說這種魔物呢。」

「我也沒聽過欸——」

隊長都讀透整套魔物圖鑑了，居然也沒聽過，伊雷文意外地看向利瑟爾。

不過公會裡的魔物圖鑑，是由冒險者帶回的情報編纂而成。沒有人會多加理會與委託無關的魔物，不在附近一帶出沒的魔物也經常缺乏情報。比方說吸血鬼，就只有在阿斯塔尼亞冒險者公會的魔物圖鑑上才有記載。

由此推測，望主狼應該也不是這附近常見的魔物吧。

「確實是不常見到。」

劫爾看著利瑟爾手邊的委託單，無奈地這麼說，似乎認識這種魔物。

不愧是曾經造訪各國的冒險者。利瑟爾把臉轉向他表示疑問，劫爾瞥了他一眼之後作了非常簡略的說明：

「一種會使人看見幻覺的狼，出沒在更往西邊的森林。」

「幻覺？」

「據說在尋找值得自己效忠的君主。」

也就是說，幻覺是某種試煉。

劫爾也不曾正面與牠對峙，只是聽過相關傳聞。不過即使只是道聽塗說，有沒有這些情報還是差別巨大，利瑟爾感謝地點點頭，重新低頭看向委託單。

「聽說通過考驗就能取得牠的角。」劫爾說。

「直接幹掉牠把角割下來不就好了？」

「可以的話也不會有那種傳言。」

「也是啦——」
兩人這麼聊著，並未提出任何反對意見。
利瑟爾於是拿著委託單，走向看著這裡隨時待命的史塔德。

一望無際的平原。
回頭一看，王都的城牆已經十分遙遠，環顧周遭能看見散布各處的森林。路面並未經過正式整修，不過被來往的馬車踏得結結實實，走在道路上往前方望去，能隱約看見遠處的小村落。
「很久沒像這樣慢慢走了。」利瑟爾說。
「平常都是搭馬車嘛。」
三人沿著道路悠哉前行。
太陽仍在低處，在早晨微涼的空氣中，陽光曬起來溫暖又舒適。感覺很容易犯睏，他們邊說邊眺望沾著朝露的草原。
「他們說那種狼在哪出沒啊？」
「好像是從王都出發，第二個村子東北方的森林。」利瑟爾說。
「可能是從西邊遷徙過來的。」劫爾說。
「那個廚師怎麼會知道這種事啊？」
利瑟爾和劫爾也不清楚。

料理人之間多半有專門的情報網吧，根據委託單上的說明，那種狼角能當作高級調味料使用。那位大廚從以前就想尋找魔物素材，既然聽說食材來到了唾手可得的距離，他不可能袖手旁觀。

「居然要把狼角拿來吃，廚師的腦袋都怪怪的。」

「畢竟那傢伙也很有匠人精神。」劫爾說。

「無論碰到什麼東西，或許都會先好奇它的味道吧。」利瑟爾說。

就在他們邊走邊這樣散播料理人的不實謠言的時候，一輛馬車從對面駛來。

那看起來更像是載貨用的馬車，附近村莊一大清早載運農作物到王都也稱不上稀奇。先前那位老翁不曉得過得好不好，三人這麼說著，讓道給馬車通行。

利瑟爾和劫爾往右邊靠，伊雷文本來想往左，後來又跟著他們一起讓到右邊，馬車就這麼駛過他們身旁。

「早安，你們好啊，冒險者…………？」

「早安。」

駕馬的車夫和他們擦肩而過的時候寒暄了一下，話中不知為何帶著濃濃的困惑。後方貨臺上也坐著一個男人，他把手肘撐在木箱上，揚起一隻手，利瑟爾也揮手回應。雙方都沒有停下腳步，和善地打過招呼，一旦錯身而過就不會再想起對方。

「剛才那應該是盜賊之類的。」

走了幾步，伊雷文忽然輕描淡寫地說。

利瑟爾眨眨眼睛，倒是沒有回頭看向那輛馬車。

「是這樣呀？」

「是啊，接下來大概要幹一票吧。」

「那就表示他們刻意偽裝成載貨馬車囉？」

「跟你們那幫傢伙沒關係？」

「大哥老是馬上就這樣講啦——」

劫爾這麼說也不是認真的。

正因如此，伊雷文也哈哈大笑，擺著手說「怎麼可能」。之所以如此斷言，是因為即使精銳盜賊中有誰為了某種目的而派來那些人，那也跟他毫無關係，只要伊雷文需要人手的時候他們能派上用場就好。除此之外，他對精銳盜賊平常做什麼都沒興趣。

只要對自己、對利瑟爾沒有危害，那都無所謂。

「話說回來，那種人的偽裝你居然察覺不到？」劫爾說。

「你說我嗎？」

在某舞會上，利瑟爾一個接一個指出了心懷不軌的人物。

然而聽見劫爾這麼問，他本人卻回以一個苦笑。

「只見了短短一面是看不出來的，畢竟我不會讀心呀。」

「你不會？」

「劫爾。」

到底把自己當成什麼了？眼見劫爾揶揄地撇著嘴笑，利瑟爾抗議似的看向他。

劫爾回以一聲哼笑。

「特別仔細觀察的話，或許還有可能看出來。」

「也是。」

「是喔——」

聽見利瑟爾這麼說，劫爾和伊雷文都心裡有底似的點頭。

也就是他刻意看破對方的時候，或是與需要關切的人物會面時才有機會察覺。但要他對一個擦肩而過的人抱持這麼深厚的興趣，反而還比較困難吧。利瑟爾在奇妙的方面對周遭漠不關心，確實很符合他的作風，兩人深覺有理。

「伊雷文，那你無所謂嗎？」

「嗯？」

看著石塊被腳尖踢到路邊，利瑟爾這麼問伊雷文：

「不希望別人在自己的地盤上撒野之類的？雖說是過去的事了。」

「我倒是沒有想過地盤之類的欸。」

「對獵物不會產生感情吧。」劫爾說。

「啊，原來是這樣。」

佛剋燙盜賊團沒有特定據點，也無人能掌握其實態。

看看領頭的伊雷文和精銳盜賊們，就知道他們根本不存在能夠掌握的實體。對於他們來說，在王都活動沒有特定目的，不過就是他們盤踞的地點恰好是帕魯特達爾罷了，只要沒人打攪他們為所欲為就好。

「那些人不曉得要做什麼呢？」

「要把什麼東西帶到地下商店去賣吧。」伊雷文說。

「要是運氣差點，在城門口就會被抓住了。」劫爾說。

「那是最好的了。」

利瑟爾他們聊著有點口無遮攔的話題，朝向目的地悠哉走去。

三人來到一座稱不上廣大的森林。

從稍遠一些的村子放眼望去，就能一眼望盡森林的兩端。話雖如此，也沒有狹小到隨便亂逛就能找到目標的程度，首先得從搜索開始。

「狼喜歡待在什麼樣的地方呀？」

「就算有獸徑也不好找哇……」

「畢竟森林裡到處都是獸徑。」劫爾說。

總之，在找到線索之前也只能四處繞繞了。

三人沿著附近村莊居民平時使用的，幾乎未經開拓的小徑走去。

「『值得效忠的君主』喔……」

走在前頭的伊雷文低下頭躲過樹枝，狐疑地喃喃念道。

「不曉得會看到什麼樣的幻覺。」

「狼的君主……是狼群首領的意思嗎？」利瑟爾說。

「說不定會看見變成狼的幻覺。」

「那大哥不是最擅長了嗎？」

「啊？」

劫爾過去曾經被迷宮變成狗，也曾變成狼，於是伊雷文這樣笑他。

這對劫爾來說是不可抗力，也不是什麼美好回憶，他從後方瞪著伊雷文，那張兇神惡煞的臉又兇惡了幾分。利瑟爾走在劫爾前面心想，「要是這樣的話，莫名被變成兔子的自己豈不是勝算全無嗎？」捕食者和被捕食者之間有著無法跨越的隔閡，利瑟爾認清了自己的極限。

「那應該是這傢伙的拿手好戲才對吧。」

「咦？」

聽見劫爾突如其來的推舉，利瑟爾忍不住回頭看他，臉上帶著納悶的表情。

劫爾立刻指了指前方，要他看路。

「你不是很習慣讓別人服從嗎。」

「對喔──」

伊雷文發出認同的聲音，利瑟爾卻為難地笑了。

他明白劫爾想表達什麼，他不否認，卻也很難贊同。利瑟爾對於原本世界追隨自己的人們引以為傲，但他從來不曾以高高在上的領導心態要求他們服從。

「我沒有刻意想過要這麼做。」

「喔……」

「……這麼說也是。」

兩人隱約察覺了利瑟爾的意思。

伊雷文再次發出認同的聲音，劫爾也直接接受了利瑟爾的說法。這畢竟是一位自出生以來就眾望所歸，也順從這份期待立於眾人之上的貴族。

「那隊長你貴族模式……應該說工作模式的時候，都是怎麼看對方的啊？」

「我是不會刻意去切換模式……」

還真沒想過這個問題，利瑟爾儘管感到不可思議，還是思考了一下。

和平常差那麼多嗎？說到底在工作的時候，繃緊神經、謹慎為事應該是理所當然的態度吧。在貴族社會確實應該保有「不受對方輕視」的意識，但這與「站到比對方更高的位置」完全是兩回事。

不受對方輕視，同時也就代表自己的意見更容易受人採納。地位越高，意見確實越容易被聽見，但也有許多人想聽的是「值得尊重的人」的意見，即使對方地位比自己低也一樣。為了替這種時候預作準備，貴族應該明確彰顯出自身的價值。

利瑟爾特別重視這一點，無論地位高低，他重用的是提出意見時言之有物的人。

因此對利瑟爾來說，這不是什麼大問題。
「比起如何看待對方，我心裡想的應該是鼓起幹勁吧，告訴自己『好，要加油囉』這樣。」
「隊長只想著『好，要加油囉』就會變那樣喔？」
「太隨意了吧。」劫爾說。
「我都被你那個模式弄哭了欸。」
「嗯，該怎麼說呢……」
有沒有更容易理解的說法呢，他邊看向沙沙晃了一下的樹叢邊想。
這時忽然想起從前在公會聽過的說法，這麼說就很好懂了吧。
「就是想炫耀自己比人家厲害的感覺。」
「炫耀自己比人家厲害的感覺?!」
「你那是哪裡學來的……」
不對嗎？眼見伊雷文停下腳步、劫爾嫌棄地皺起臉，利瑟爾偏了偏頭。
不過意思還是傳達到了，劫爾他們雖然一臉無法釋懷，還是應了一聲表示理解，繼續往前走，被前後兩人夾在中間的利瑟爾也跟著邁開腳步。
「我倒是覺得，伊雷文比較擅長這種事。」
「喂。」
後方的人忽然抓住利瑟爾肩膀。

下一瞬間，魔物便從他們剛經過的樹叢中一躍而出，劫爾搶在利瑟爾把槍管對準牠之前先拔了劍。魔物僅有一隻，在魔銃命中前就已經被斬落地面。

這魔物長得形似螳螂，銳利的鐮刀歪扭地抽搐著，並不是罕見的魔物，利瑟爾他們卻停下了腳步。牠帶有光澤的草蔭色軀體上，纏著一朵白花。

「嗯？」

利瑟爾伸出手，捏住花莖。

往上一拉，被斬成兩半的魔物屍體也跟著被牽動。

「生了根呢。」

「也就是說這隻魔物被寄生了喔？」

「這種魔物並不是本來就長成這樣，對吧？」

「確實不是。」劫爾說。

利瑟爾輕輕把花莖從中折斷。

不算堅硬，也沒有任何特別觸感，看來並非植物系的魔物。單純的植物當中，也有不少擁有特異性質的品種，這朵花也是其中之一嗎？他試著稍微聞了聞味道。

「聞起來有點甜。」

「你別亂嚐這些可疑的東西。」

「我聞聞看？」

利瑟爾把花遞出去，伊雷文也湊過鼻子來聞。

「劫爾，你看過這種狀態的魔物嗎？」
「這附近只在迷宮裡看過。」
「這有可能是再往西邊那一帶的花嗎？」利瑟爾問。
「花的種類我可分不出來，在那邊也沒待多久。」
要是這附近有人看過寄生在魔物身上的花，必定會流出相關的傳言。
這也不太可能是森林的特有種，這裡距離王都還不算太遠。既然連劫爾和伊雷文都沒聽過，那有可能是和狼一起從西方遷移過來的品種。
不過他們從來沒聽說過有植物能寄生在人身上，利瑟爾在任何書中也從未讀到過，應該沒有這方面的危險，所以他才會隔著一層手套直接去碰。
「所以說……」
利瑟爾正準備繼續推敲下去。
「伊雷文？」
這時候，伊雷文忽然伸手遮住他的眼睛，像是握住臉龐上半部那樣遮斷了他的視野。
利瑟爾納悶怎麼回事，叫了他的名字，但對方沒有回應。
下一秒，隨著一聲咂舌，傳來用力敲打什麼東西的「乒」一聲，緊接著是慘叫聲：「好痛！」
「大哥你不要認真打我啦！」

「要是認真起來，哪可能讓你喊聲痛就了事。」

「話是沒錯啦！可是我又沒有瘋成那樣！」

那隻手掌唐突地離開了他的雙眼。

利瑟爾的視野亮了起來，伊雷文按著頭哇哇抱怨的模樣躍入眼簾。只見他不知為何目眩似的瞇起眼睛，最後低低哀叫著按住眼頭。

「伊雷文，你沒事吧？」

「啊……我眼睛好像怪怪的……」

「還在持續嗎？」

「沒啦沒啦，沒事。抱歉隊長，我好像眼花了。」

利瑟爾脫下手套，剝下伊雷文按著自己眼瞼的手，從左右兩側溫柔地蓋住他的太陽穴，以手心溫度緩解他雙眼的疲憊，拇指緩緩撫過眼睛下緣。

那雙眼睛舒服地瞇細，直直看著利瑟爾。看來是沒問題了，利瑟爾微微一笑。

「是香味嗎，還是顏色之類的？」

「嗯——應該是味道，有奇怪的甜味。」

伊雷文剛才說眼花，從行動看來，應該是利瑟爾的視野和他重疊了。

之所以留下自己的視野、遮住利瑟爾雙眼，是為了保持警戒，以免被趁隙襲擊。

被劫爾揍了一拳就恢復冷靜，表示肉體上也沒發生什麼變化。

簡直就像幻覺一樣。

「狼不是會讓人看見幻覺嗎？」伊雷文說。
「據說是這樣。」
「無論如何，算是找到線索了。」利瑟爾說。
最後，利瑟爾又看了伊雷文的眼睛一次，確認那雙眼睛沒有失焦。
他一放手，伊雷文就遺憾地「哎唷」了一聲，聳了聳肩膀，抬頭往上看。目光掃過林木橫越天空的枝條，舌頭緩緩舔過嘴唇，尋找什麼似的觀望了幾秒。
「應該是這邊。」
「你小心別再發瘋了。」
「要是發瘋了，大哥你再告訴我啊。」
「我和劫爾感覺也很危險呢。」
沿著陌生的花香，三人偏離了幾不可見的獸徑，往森林深處前進。
穿過樹木林立、沒有小徑的野地，三人來到一片開闊的空間。好幾棵枯死的樹木倒在那裡，白花填滿縫隙似的開在林間，簡直像箱庭裡的一片花圃。
那裡有一頭狼，額上長著一隻角，腳爪大而銳利。牠蜷著身體伏在花田裡的樹墩上，乍看之下似乎睡著了，青銅色的毛皮靜而緩地起伏。
「我們三個男人要闖進花田裡面喔。」伊雷文說。
「有點微妙。」

「不過你們想，我們都去過花店了。」利瑟爾說。

利瑟爾他們躲在樹叢後面，悄悄看著這幅情景。

花香已經強烈得連利瑟爾也能清晰聞到，或許是他沒有狠狠吸進一大口的關係，目前尚未出現任何影響。白花在微風中輕輕搖晃。

「首先得讓牠施展出幻覺才行呢。」

「看見幻覺的期間不會被牠吃掉吧……」

「那就不會是B階委託了。」劫爾說。

「在判斷出我們是不是『值得效忠的君主』之前，應該不會有危險。」利瑟爾說。

三人蹲低躲藏在樹影之後，小聲交談。

望主狼肯定已經聽見了，卻沒有反應，就表示牠對人並沒有強烈的敵意。「先以幻覺考驗對手」的傳聞可信度更高了。

「要用怎樣的態度走過去啊？」

「還真沒用殺死對方以外的心態接近過魔物。」劫爾說。

「就像平常……不，應該擺出君主的氣勢嗎，是不是該戴個王冠？」

「那不是意外地不適合你嗎。」劫爾說。

像平常一樣走近牠也會有反應嗎？不對，說不定從一見面的時候試煉就已經開始了，怎麼樣才是有君主氣勢的登場方式？三人談著這些乍看好像有意義，其實並非如此的問題。
就在這時，望主狼忽然抬起臉。
牠的鼻尖驀地朝向三人，豎起的耳朵也轉向正面，在樹墩上伸直背脊坐起身來。
見狀，利瑟爾他們交換了一個「看來被發現了」的眼色……雖然早知道了。
既然已經被察覺，他們便光明正大踏進花田。
瞬間狂風大作，拍在臉頰的風中混雜著甜美的香氣。一切都在預料之中，三人不慌不忙地把手伸向武器，飛舞的白色花瓣掩蓋住他們的視野。
回過神來，利瑟爾他們獨自站在熟悉的場所。
不對，只是剛才還在身邊的隊友消失了，但並非獨自一人。還有另一個人擋在他們面前。
「……我會同情你的。」
劫爾站在曾經比過劍的宅邸庭院當中，眼前是現在的歐洛德，舉劍朝他擺好了架式。
「真的假的啊……」
伊雷文身在公會的會客室，這是他初次學會恐懼與自制的地方，面前的沙發上坐著利瑟爾。
「這……該怎麼辦才好呢。」
利瑟爾為難地露出笑容，眼前是他前學生坐在謁見廳王座上的身影。

三人各自領略了這場試煉的意義，開始摸索自己該採取什麼行動。

揮出的劍擊被擋下了。

劫爾並不知道現在的歐洛德有多少實力，不過假如幻覺中如實再現了他的劍技，那麼對方的力量確實不辱騎士之名。雖然或許只是反映了那次不湊巧碰面之後劫爾自己對歐洛德的印象，但他的估算也不可能差得太遠。

劫爾只是不喜歡他、對他漠不關心，但從來不會低估對方的實力。只是如此而已。沒有感嘆、沒有感慨，也不曾認為自己贏不過對方。

「（這傢伙在自己沒看見的地方，又要被擊潰一次嗎。）」

劫爾自己不曾期望過這種事發生，但既然事態演變至此，也沒其他辦法。

擊敗比自己弱小的對手，真的就能成為狼所認可的君主嗎？一旦劍刃相交，劫爾很清楚獲勝的必然是自己，把事情導向預料之中的結果又能證明什麼？說得極端一點，這不就像一個成年人打贏了小孩子，還藉此主張自己高人一等一樣嗎？

劫爾心中完全沒有這些自問自答。

他確實感到疑惑，但不需要解答。既然試煉要求他凌駕於眼前的對手之上，那麼劫爾該採取的手段只有一個，因為過去已經證明了一切。

「問題在於，要打多久才能擊潰。」

他彈開揮下的劍刃，狠狠一斬。

然而，歐洛德的身影像映在霧裡一樣毫髮無傷，又重新出現在他眼前。劫爾瞥了他一眼，重新握緊劍柄。看來比路邊的魔物更值得一戰，多少能讓他享受一下。

在他腦海的任何一角，都沒有半點把對方視為弱者對待的想法。

伊雷文粗暴地撥亂了自己的瀏海。

眼前是坐在沙發上，如常露出微笑的利瑟爾，很顯然不是本尊。考量到幻覺的目的，偏偏就是要叫他支配利瑟爾吧。支配、貶低、使他服從，說法各式各樣，總之就是要他在某方面明確凌駕於利瑟爾之上。

「哎唷……」

他喃喃說著，深深嘆了口氣。

假如要他憑武力擊敗利瑟爾，從雙方的力量差距看來是易如反掌。無論利瑟爾使用魔法還是魔銃，對伊雷文都不構成任何阻礙，只要他想，在利瑟爾來不及抵抗之前就結束一切也是有可能的，利瑟爾甚至不會感覺到痛。

那麼，假如要他挫敗利瑟爾的意志、令他崩潰呢？伊雷文還是會說他辦得到。

這種事他習以為常，即使對方是利瑟爾也一樣，只要他想把對方弄壞，沒什麼辦不到的。這對伊雷文而言不值得苦惱，只是理所當然的現實。

問題在於，他不太想做這種事，也不想弄壞對方。

「就算不是本尊，這還是很……」

伊雷文伸出手，觸碰幻象中的利瑟爾。

像他對自己做的那樣，緩緩撫過他的眼尾，指尖便感受到與本尊同樣的體溫。對此利瑟爾只是靜靜微笑，是因為伊雷文仍然舉棋不定吧。

一旦伊雷文決定用哪一種手段征服對方，利瑟爾多半就會採取相應的行動。

「該怎麼辦咧……」

他蹲下身，抬頭看著那張沉穩的面孔。

比腕力怎麼樣呢？不對啊，就算他贏了，最後要是無法滿足望主狼的條件也沒意義。比個腕力能證明什麼？太冒險了。

他能夠把利瑟爾比下去，借用那人有點奇怪的說法，就是能「炫耀自己比他厲害」的事情……炫耀自己比一個立場對等的人厲害，光想像就有點滑稽。

「『值得效忠的君主』標準到底是什麼啊？」

簡單來說就是領導力吧。

想到這裡，伊雷文腦中浮現一句標語：智力、體力、好運氣。人家都說，欠缺任何一項都不可能成為傑出人物——這突如其來的想法還算不錯吧。

首先，跟利瑟爾比智力太不自量力了，他彷彿都能看見自己被輕鬆擊敗的樣子。

體力、戰鬥力這方面的比賽，也因為前述的理由排除在外。或許比較有把握，但他不想比。

那麼，就只剩下……伊雷文吊起唇角。對於身居高位的人來說，這確實是必要的實力。

「來一決勝負吧，隊長。」

他拿著取出的紙牌站起身來。利瑟爾露出了一貫沉穩，但略顯好戰的表情接受挑戰，朝著伊雷文遞出的紙牌伸出手。

為了遴選出值得效忠的君王，居然要他凌駕於自己效忠的君王之上，這是什麼道理？

利瑟爾站在謁見廳，越過幾級階梯，仰望他那位泰然坐在王座上的前學生。謁見廳對於利瑟爾是再熟悉不過的空間，無論是王座，還是坐在那張王座上的人物。就連對方臉上充滿王者風範的神情都毫無破綻，這一切肯定都是從自己意識中重現出來的幻影吧。

既然如此，要突破這場幻覺就更難了。

「（畢竟我也沒想過要取得比陛下更高的地位。）」

他垂眸思索，朝著王座走近。

儘管困難，他也不能放棄，總得找出一點勝算。

「（用陛下討厭的食物，來場大胃王比賽……）」

他腦中湊巧浮現出跟伊雷文類似的戰略，不過立刻否決了。

不挑領域的話，要勝過他的前學生並不難，譬如從細微的偏好或是古代語言之類的專門知識下手就行。然而一旦到了能被望主狼認可的領域，就對利瑟爾相當不利。

在「凌駕於旁人之上」這件事上頭，沒有人能贏過他這位前學生，利瑟爾如此確信。

「（啊，不過，也不一定要贏吧。）」

利瑟爾邊往前走邊想。

並沒有任何指示要求他們在幻覺中勝過對峙的人。當然，這是最簡單也最快速的一條捷徑；但服從於人者，就不可能成為別人的君主嗎？絕對沒這回事。

簡而言之，只要展現出該展現的實力就好。

「嗯。」

利瑟爾登上幾級階梯，停下腳步，抬起低垂的雙眼。

還要再走幾步才能抵達對方靜候的王座，事到如今利瑟爾不必細數也一清二楚。隔著幾步之遙的距離，王撐著手肘凝視著他。

利瑟爾忽然屈身跪下，仰望露出無畏笑容的前學生。月色的眼瞳中帶著好戰色彩，估量著利瑟爾打算怎麼出招。這姿態很符合他的風格，利瑟爾不禁笑了。

「陛下，能與您針對國政交換一下意見嗎？」

無論狼群還是人類，領導能力都是對君主常見的要求。

重點不在於辯論輸贏，這是一場演示，為的是證明自己滿足了望主狼所要求的水準。他的前學生蹺起腿接下挑戰，利瑟爾仰望著對方，帶著幾許懷念開了口。

三人倏地睜開眼，感覺像從睡眠中醒來。

白色的花田填滿他們整片視野，青銅色毛皮的狼坐在花田中央的樹墩上定定看著這裡，彷彿從看見幻覺那一刻開始，時間完全不曾流動一樣。

雖然不清楚評定標準，不過望主狼似乎有了結論，牠緩緩起身，安靜無聲地從樹墩走下花田。看見牠走近，劫爾和伊雷文扶住劍柄。

「期待找到主君，卻在無主的狀態下徬徨，一定很難受吧。」

利瑟爾只是柔聲這麼說著，迎接有腰部那麼高的狼走到眼前。

覆滿毛髮的獸腳，停留在再往前一步就足以撕碎利瑟爾身軀的位置。

「不必憂慮，在我面前臣服吧。」

不用擔心，我會接納你的一切。

利瑟爾微笑這麼說完，望主狼垂下頭，像騎士將寶劍獻給君王般，牠頭上的角從額前落下。那隻角沉入白花叢中，隱約帶有魔力的光輝。

就這樣，那頭狼一溜煙不知跑到哪裡去了。利瑟爾拾起牠留下的角。

「那是怎樣啊，怎麼回事？」

被留在原地的三人確認青銅色的毛皮已經無影無蹤，才低頭看向那隻角。

「雖然只是猜測，但我想望主狼和這種花應該是共生關係。」

「幻覺是這些花負責的？」

「是的。」

雖然也無法斷言，利瑟爾補充道。如果到劫爾聽說望主狼傳聞的那個國家，跟當地的冒險者公會打聽，應該能獲得更詳細的情報。

利瑟爾低頭看向腳邊的花，「嗯」地點了個頭。他拿起那隻角嗅了嗅，隱約聞到甜美的花香。或許是習慣了足以看見幻覺的強度，這一次已經不再受到香味影響。

「是引發幻覺的花的魔力沾染在上面了嗎？用幻覺幫助望主狼尋找主人，望主狼則替它們散播種子或花粉之類的……啊，那麼能當作調味料的或許不是這隻角本身，而是這種花的某種成分。嗯……不過它也寄生在其他魔物身上，考量到適性問題，這說不定也是——」

「隊長暫停！」

「要想等回去再想。」

真令人好奇——正打算展開考察的利瑟爾立刻被阻止了。

利瑟爾乾脆地停止思考，將狼角放入腰包，三人沿著來時路往回走。

「你們看到的是什麼樣的幻覺呀？」

「麻煩得要命。」

「贏得超級開心！」

在那之後，他們兩人以一種「那種事只有你和你前學生才做得來」的眼神看著利瑟爾。

事後某天，在那間氣氛近似酒吧的大眾酒館。

說是接取委託的謝禮，老闆端上使用那隻狼角製作的菜餚招待利瑟爾他們。

「喔，就是這個喔？看起來很好吃欸。」

「雖然一想到加了那東西就有點微妙。」

「這道菜也會加入菜單嗎？」利瑟爾問。

「不會，這完全只是那傢伙的興趣而已……而且據說，吃了這道菜就能作好夢，上流階級因為這樣百吃不膩，在我們店裡販賣也不太……怎麼了？」

這真的是安全食品嗎？取得狼角的過程中經歷過幻覺洗禮的利瑟爾他們，聽了有點遲疑。夢與幻覺的差別是什麼呢，前人作的真的是夢？

他們好奇地吃下那道菜，結果非常美味，當晚也確實作了個好夢（？）。

閒談：冒險者公會的女子們

地點是某間酒館。

只有今天，她們避開了那些把上菜快、價錢便宜、能吃粗飽當作賣點，又吵又滿是醉鬼的普通酒館，來到一間有酒吧氣氛的店。這裡也是不折不扣的酒館，一樣可以盡情乾杯。

這酒館的一張桌邊圍坐著四個女人，她們各自拿著玻璃杯碰了碰杯。

今天這裡群芳爭妍，是女子聚會的日子，也是在冒險者圈子裡難得實現的快樂時光。

「哎呀～女生又變多了，真的好開心唷。」

「請、請多指教！」

聽見女性冒險者柔聲這麼說，只有身高傲視眾人的新手冒險者戰戰兢兢地回話。

前者是靈活的小斧手，一手握著盾牌，以攻守兼備的方式作戰，屬於中堅的女冒險者。後者則是一個月前剛剛當上冒險者，還不清楚自己適合的武器，暫且拿著長槍的新人。

「偶爾也想像這樣只約女生出來喝酒，但人老是湊不齊。」

「我也是這樣，不過你們冒險者更難約呢。」

身為老練冒險者的女弓箭手喝乾了麥酒說完，冒險者公會有點年紀的女職員也呵呵笑著同意。正因為女性冒險者人數稀少，她們有自己的聯絡網。

很多事只能跟同性聊，主要是吐苦水，還有戀愛話題等等。冒險者在各國來來去去，女子聚會的面孔也跟著改變，不過每一次還是都讓人期待得不得了。

「那個，今天謝謝前輩們陪我！」

「不用客氣啦～我還是新手的時候，也受到大家很多幫忙。」

「是呀，阿姨看到像妳這麼努力的小朋友，總是很想替妳們打氣。」

「菜鳥就不用這麼客氣了。」

今天是為了新手冒險者舉辦的女子聚會。

一開始是因為看見新手冒險者因為找不到固定的隊友而沮喪，弓箭手於是跟她搭了話，告訴她如果有事想商量，自己可以陪陪她。新手冒險者一聽，立刻露出無助的表情點了頭。

弓箭手迅速召集成員，然後就來到了現在。所有人都二話不說就答應了。

「哇，這個好好吃喔～」

「這種東西平常吃不到嘛。」

「對呀，點了沙拉之類的大家就會抱怨～」

「是被隊友抱怨嗎？」新手問。

「是啊。」

話雖如此，弓箭手和小斧手並不是對此有什麼不滿。

也可以說她們習慣了。總不可能每件小事都這樣放在心上，而且她們金錢上也沒有寬裕到每次都能額外點自己想吃的東西。不過，幾乎所有隊伍都會把委託報酬分配到公用錢包和個人錢包，雖然金額不高，但大家都有自己能自由運用的錢幣。

把這些錢存下來，也能累積出一小筆金額，讓他們偶爾能像這樣盡情享樂。

「男生總是吃比較多嘛。」

「他們是吃太多啦，受不了。而且妳們聽說過嗎？那些傢伙動不動就說什麼希望手臂再練粗一點、一不小心就會瘦下來好困擾之類的，都要氣死我了。」

「我們隊上的也這樣講！說肌肉怎樣的！只有男人這麼好，太不公平了～！」

「哎呀哎呀，也不用在意啦，能多吃一點代表人很健康呀。」

重點才不是那個——小斧手正打算扯開嗓門這麼說。

這時弓箭手立刻把酸黃瓜塞進她嘴裡，她一臉不滿地閉上嘴。這裡可不是冒險者們常去的那種隨時都吵吵鬧鬧的酒館，講話太大聲也不太好。

「兩位和隊友的感情都很好呢。」

新手冒險者忽然垂下肩膀，喃喃這麼說。

三人不太意外地看向她。女職員「哎呀哎呀」地拍撫她蜷縮的背，弓箭手也把裝滿麥酒的玻璃杯放在她眼前說，「哎，喝吧。」她一口喝乾了。

「不過，我們也知道妳在煩惱什麼。」

「咦？」
聽見弓箭手這麼說，新手冒險者猛地抬起臉。
「妳是找不到一起接委託的人對吧～？」
「是、是的，沒錯！」
「因為我們以前也是這樣呀～」
在新手冒險者看來，弓箭手和小斧手都已經是經驗老到的冒險者了。
實力這樣堅強的人們，都說自己過去也有相同的經驗。當然，她們肯定也不是從一開始實力就如此強大，當時也有過菜鳥懵懂的時代吧，找不到隊友的原因一定也和自己一樣。
「果然只因為是女生，就會被大家躲著嗎……」
她再次垂下肩膀這麼說，卻收到意料之外的回應。
「那是當然的啊。啊，店長，兩杯麥酒。」
「確實是理所當然的事情呢～」
「呵呵，男生的心思也是很細膩的。」
咦？新手冒險者抬起臉。該怎麼說呢，和她預想的反應完全不一樣。
大家完全沒有負面情緒，乾脆地承認了這個現象。
「喔，人還滿多的欸。」
這時候，有新客人走進酒館。

弓箭手和小斧手「喔」地抬起臉，女職員也「哎呀」一聲笑了出來，新手冒險者不知所措地來回看著她們。

「老闆，晚上好呀。」

「嗯……很久沒看你們三個人一起來了，又有值得慶祝的好事嗎？」

「才不是，只是被這傢伙拉來的。」

「我一時興起就想來嘛。」

現身的是利瑟爾他們。

他們和老闆交談了幾句，決定坐餐桌席位，便被帶到了空桌來，和女子聚會這一桌之間，隔著一張坐著其他客人的桌子。

利瑟爾正要走向桌邊，就看見了弓箭手，在對上她目光時微微一笑，弓箭手也揮手回應。劫爾和伊雷文察覺動作，也瞥了她們一眼。

那兩人沒有多說什麼，只問著利瑟爾那是誰、你們認識嗎，一邊各自坐下。

「怎麼了，妳認識貴族小哥呀～？」

小斧手探出身子，壓低聲音這麼問。

她的雙眼充滿好奇，是想調侃她什麼時候認識人家的吧。但弓箭手滿不在乎地晃了晃空玻璃杯，像在說這沒什麼，很乾脆地無視了她的追問。

「之前有點交集。」

「對了，妳也跟一刀一起接過委託呢。那次好玩嗎？」

「哎，算是不錯的回憶吧。只不過一刀這樣的人，還是讓他跟貴族小哥一起行動最好。」

老闆端來了新的麥酒，弓箭手仰頭喝了一大口。同時小斧手也開心地把自己喝到一半的那杯酒乾了，馬上把手伸向剛送來的酒。

新手冒險者看著那些被收走的空玻璃杯，裝作不經意地別開視線，悄悄瞄向圍坐在同一張桌邊的利瑟爾他們。她在公會裡見過幾次，知道那是以一位特別惹眼、特別不像冒險者的人為中心組成的三人隊伍。

「那個，他是貴族嗎？」

「不是唷。」

聽見新手冒險者戰戰兢兢地問，女職員微笑道。

「只是大家都這樣叫。他很有貴族氣質對吧？」

「該說是貴族氣質嗎，那個……」

「根本就是貴族對吧～」

這也是進到王都冒險者公會必經的儀式了，小斧手語氣有幾分自豪。

順帶一提，劫爾和伊雷文都聽得見這段對話。他們倆一臉若無其事地討論著要點什麼菜，雖然沒特別仔細偷聽，對話還是很自然地傳入耳中，和自己有關的話題總是聽得特別清楚。聽不見的利瑟爾，還一廂情願地以為自己早已擺脫了貴族形象。

「公會仔細調查過了，確定他不是上流階級出身的人。」

「這、咦……為什麼？」

「為什麼……」

「妳的反應居然是『為什麼』啊。」

「嗯，為什麼呢？」

劫爾他們繃緊了所有面部肌肉才擺出若無其事的表情，卻還是憋笑憋到一人忍不住抖腳、一人全身發抖，但她們當然無從得知。利瑟爾聽不見真是太好了。

到最後她們還是哄著新手冒險者說，「以後妳就會懂了」。第一次見到利瑟爾的人，往往都會聽見其他冒險者這麼說，實際上看著他們一段時間之後也都會理解，所以沒什麼問題。

是這樣嗎？新手冒險者再一次偷瞄利瑟爾他們。那三人端起送上來的酒杯靜靜乾杯，開心地聊著今天接的委託。

「真好……」

還是菜鳥的她，現在總是單獨活動。

對於剛當上冒險者的新人，這是理所當然的。一開始就有冒險者人脈的新手很少，必要的時候會找同樣需求或階級的人組隊。不過許多低階委託都能單人完成，就算找不到任何隊友，也不怕什麼事都做不來。

「妳想找固定隊伍嗎～？」

「咦?!」

聽見小斧手這麼問，新手冒險者驚覺自己不小心把心事說出口，微微紅了臉頰。

「如果有中意的隊伍，阿姨也可以幫妳介紹喔。」

「沒有、沒有！」

「不過不管怎樣，最後都是一起出去接幾次委託，彼此合拍再考慮就是了。」

「我、我想也是……」

「總之先找各式各樣的人組隊看看是最好的唷～」

「嗚……」

沒錯，現狀就是她在這點上碰了壁。

一般來說，冒險者們為了湊數組成臨時隊伍的期間，自然會遇到「這個人跟我很合得來」、「隊伍裡有這傢伙在真方便」的對象。一開始就這麼組成兩、三人的小隊，之後再重複類似的過程，逐漸擴編成四、五人的隊伍。

「可是和我一樣低階級的冒險者，都不跟我組隊啊——！」

「喔，喝得很豪邁嘛。」

「在酒桌上找人感覺也很有機會喔？」

新手冒險者仰頭一灌，把杯裡的酒喝個精光，兩個老手在旁邊你一句、我一句地起鬨。會喝酒的冒險者，多半都能給其他冒險者留下好印象。

「我也不奢求什麼固定隊友，只要有人在委託時願意跟我組隊就好了……」

「嗯～如果只想跟低階組隊的話，還是有點困難呢。」

「是呀。」

得不到樂觀的回應，新手冒險者賭氣似的把空玻璃杯放到桌上。

不過老手們這麼說也不是為了欺負她。兩位冒險者前輩都是有過相同經驗的過來人，女職員也是看過無數同樣的新人，才會提出這種意見。

她們知道，造成新手冒險者這些煩惱背後的原因，確實有它的道理在。

「不過確實，如果說這件事跟妳是女生沒有關係，那就是騙人的了。」

「嗚嗚……」

「可是在這點上其他男人也一樣，太瘦、太嬌小都會被人家嫌棄沒力氣，看妳是女生也是差不多的道理。雖然我確實是覺得，要嘛就直接嫌我太弱就好啦，幹嘛扯那些有的沒的。」

「還有太壯的人也會被說行動太遲鈍之類的～不過想辦法讓這樣的隊友發揮價值，才是組隊的意義所在嘛。」

新手冒險者眨了眨眼睛。

在她眼中，總覺得其他新進冒險者都過得很順遂。不，陷入苦戰的時候肯定還是有的，但他們還是一樣積極接取委託，不斷往前邁進——她一直這麼以為。

「我都不知道還有這種事……」

「是呀，剛入行的時候也沒空關注其他人嘛。不過稍微觀察一下周遭，妳做什麼事都會更順利喔。」

聽見女職員溫柔地這麼說，新手冒險者直率地點點頭。

懂得聽取建議的新手總是進步神速，職員從經驗法則上知道這一點，因此笑咪咪地幫她再點了一杯麥酒，順道追加了料理。她們沒有事先說好，不過所有人都不打算讓新人出錢，因此毫無顧忌地點了自己愛吃的東西。

「而且，女性冒險者也意外地有需求喔。」

「是這樣嗎？」

「像是護衛委託之類的～假如委託人是女生，有時會要求隊伍盡可能要有女生唷。其他隊伍也會來拜託我們，說他們無論如何都想接這個委託，希望有女冒險者能幫忙～」

已有固定隊伍的冒險者，到外面和其他隊伍一起接取委託，大家稱之為賺外快。這位新手冒險者還是F階，無法接取護衛委託，不過等她升上D階、E階，就會有人來找她支援了。隊伍階級是以平均個人階級計算，只要對方的隊伍階級夠高，她也能接取C階委託，也就是護衛任務最低的階級。

「我之前接的護衛委託呀，遇到一個帥哥委託人耶～」

「妳真的是外貌協會欸。」

「內在以後還可以改變嘛～」

她陶醉地笑著這麼說，要是沒抱著裝滿麥酒的玻璃杯，看起來應該很迷人吧。弓箭手一臉受不了，新手冒險者一聽，卻挺直了修長的背脊，雙眼閃亮地探出身體──這不是聊到戀愛了嗎！

「那後來怎麼樣了?!」

「我很努力追他了唷～又是煮飯又是護衛，我的斧頭也超級活躍！這把斧頭很萬能唷～可以切菜、剝毛皮，連魔物的頭也能一斧砍下來！」

可是他好像完全沒有察覺我的心意——小斧手納悶地說，不過原因懂的都懂。

順帶一提，女性冒險者對於同為冒險者的男性，大多都沒有這方面的感情，反之男性也一樣。看見渾身沾滿殭屍肉片還一臉淡定的異性，要心動還比較難。

「會煮飯是不是沒什麼吸引力呢～」

「或許可以去問問男生喔。」

女職員品嘗著自己趁機點來的葡萄酒這麼說。

什麼意思？三人看向她，然後順著她手指的方向看去。四人的視線另一端，利瑟爾他們正在悠閒享用餐點。

「咦，那個……」

「好，去吧。」

「包在我身上～」

「咦?!」

小斧手端起還沒人動過的小盤堅果站起身。

新手冒險者跟不上狀況，不斷來回看著離開的小斧手和女職員，但她旁邊的另外兩人倒是相當冷靜。她們都知道，利瑟爾他們並不是一言不合就動粗的那種人，也不會因為一點小事就發怒。

小斧手很快站到了利瑟爾他們的桌子旁邊。

「你們覺得會煮飯的女生怎麼樣～？」

利瑟爾他們看了看小斧手和她獻上的那一盤小菜，也不覺得冒犯，像平常一樣回答：

「沒怎麼樣。」

「飯去外面吃就好啦。」

「覺得她擁有非常美妙的技術呢。」

「謝謝你們～」

小斧手回到了女子們那一桌。

在她身後，利瑟爾他們像無事發生一樣繼續用餐。

「一個不感興趣，一個人渣，一個好像搞錯了重點～」

「看來問錯人啦。」

「是呀。」

太強大了，新手冒險者嘴角抽搐。

從新手冒險者眼中看來，王都的冒險者比較傾向於和那三人保持一點距離。大家會正常打招呼，禮貌上也會閒聊幾句，但不會特別積極去跟他們來往……倒是偶爾有人積極纏著他們找碴，不過那都是剛到王都的人。

如果問她自己敢不敢去跟他們搭話，那絕對是不敢。那三人組一個太高貴，一個太難以捉摸，一個絕對強者的氣場又太強了。仔細想起來，這組合還真奇妙。

她疑惑地開口問：

「那三個人一開始是怎麼組成隊伍的呀？」

「不知道，一回過神就看到他們一起行動了。」

「那個獸人還滿積極自我推銷的～」

「是不是我不懂得自我推銷呢……」

早晨的公會裡充斥著冒險者們各式各樣的聲音。

慵懶打招呼的聲音、搶奪委託的怒吼聲，「有沒有擅長打石巨人的！」這種募集人手的聲音，還有「這裡有魔法師喲！」這種像賣菜一樣推銷自己的聲音。

新手只要能混進募集低階隊員的人群中，理論上就可以找到適合的隊友，但是……

「嗯～新手妹妹，妳為什麼想組隊呢？」

「咦？因為想多接一些委託，也想提升階級……」

「嗯嗯。」

「而且也沒錢。」

「就是說啊～」

小斧手和弓箭手、女職員聽了都點頭。

冒險者剛入行總是缺錢。很多人手頭上本來就沒什麼錢，僅有的那一點錢也在採購必需道具的時候花個精光，也有許多人連道具都買不齊就去接了第一個委託，因此很仰賴F階那些沒有危險性的臨時工委託為生。

再加上每天食宿、採購消耗品的錢，賺到的錢在當天內直接蒸發都是常態。那還不如不要再接那些單人的打雜委託，組隊挑戰階級稍高一些的委託，收入還比較可觀，也比較容易提升階級。

尤其組成固定隊伍之後，就不必再為分配報酬爭得頭破血流，還能降低食宿開銷。

「沒錯，新來的冒險者都是這麼想的。」

「難道不是這樣嗎？」

「是這樣沒錯。雖然組了隊也不代表從此就高枕無憂，還是有很多隊伍因為成員不合而解散。」

「不過只要有個好好做事的隊長，大部分都能處得不錯～」

既然如此，那是為什麼呢？新手冒險者接過老闆手中第四杯麥酒，疑惑地偏著頭。

順帶一提，小斧手和弓箭手已經喝到第五杯，只有女職員早早把麥酒換成了紅酒，正在悠閒品味她的第二杯葡萄酒。

「簡單說，女生找不到隊友的原因就出在這裡。」

「咦？」

「新手都想多接幾個委託對吧～？所以想快點組隊，那就得找到隊友。就像剛才說的，多嘗試跟人組隊是最快的方法～」

「……咦，這就表示……」

這就表示，新手一起接取委託的戰友，就是他們未來的隊友候選人。隊友住在不同旅店完全沒有任何好處，為了節省開支，大家一起吃飯睡覺是必要的。就算不喜歡跟人擠也只能忍耐，不能忍的話就只好咬牙堅持獨自行動。後者除了個人實力之外，還需要溝通能力，才能在每次接委託時找到臨時隊友。

換言之，對新手來說，找隊友找的是能接受一起同吃同住的人。

「男生對於跟女孩子一起生活還是有點幻想的啊。」

聽見女職員為難地笑著這麼說，新手冒險者整個人癱到桌上。

確實得跟隊友同吃同住，也會在野外露營，但這都是理所當然的事情，根本不成問題。假如人家是看她弱小而排擠她，她還能生氣，但沒想到居然是這種原因。

「可是我現在睡的也是旅店的大通鋪，同房間甚至還有冒險者啊！」

「那些男生隨著階級提升上去，也會慢慢對女冒險者失去興趣啦～」

「畢竟看過女人一斧劈下野獸的頭還放聲大笑，也看過女人為了素材拿弓挖眼球了。」

「但剛入行的小朋友還是難免在意呀。」

想像力豐富的男人，總是有著無限的夢想。另一方面，嫌麻煩不想要顧慮異性也是原因之一。

同性之間相處起來比較自在，這點她們自然也明白，只是沒辦法，冒險者當中男性占了壓倒性的多數。要是能找到一群女生一起組隊，她們早就這麼做了。

「我不需要他們顧慮什麼啊！」

「就算我們這樣說～他們難免還是會在意嘛～」

聽見新手冒險者的吶喊，小斧手回得輕描淡寫。

新手冒險者實在無法理解，她噘起嘴唇，像在說「為什麼」。還真年輕啊，小斧手在心裡邊笑邊站起身來。

「那我去幫你問問吧～」

「咦？」

她端起新送來的小盤堅果，再次走向利瑟爾他們那一桌。

弓箭手習以為常地點了第三盤堅果，女職員也順便說要點葡萄酒。她問了老闆推薦的牌子，看到老闆拿出的酒瓶後點了一下頭。

「可以點一整瓶嗎？」

「沒問題。」

「妳喝嗎？」

「咦、啊，我不太會喝葡萄酒……」

「那就給我們三個杯子就好，再給她來一杯麥酒。」

可以一直喝麥酒也是年輕人的本錢啊，女職員愉快地說著。老闆點頭表示收到點單，便回到吧檯替她們準備了。這位老闆雖然稱不上笑容可掬，做事卻非常細心，他沉穩的氣質很符合這間酒館的氣氛，並不會讓人不愉快。

不知不覺間，小斧手踏著依然穩健輕快的步伐，在利瑟爾他們桌邊停下來，「叩」地把盛著堅果的小碟子放在顯眼處。

「問你們喔，要是女生自己覺得『我不介意啦～』就在你們眼前換衣服，你們會怎麼想？」

「痴女。」

「如果是儘管看也沒差的意思，那我是會看啦。」

「我會盡量小心不去看，但無論如何還是有罪惡感呢。」

「謝謝你們～」

小斧手看見先前拿去的那個小碟子已經空了，便收回它，回到女子聚會那一桌。老闆正在替女職員倒葡萄酒，弓箭手喝乾了玻璃杯中的麥酒，新手冒險者雙手掩面蜷縮著背。

從新手冒險者髮叢中露出的耳朵，紅得好像會把人燙傷。

「一個正論、一個人渣，還有一個紳士～啊，有葡萄酒！」

「來一起喝吧。」

「不、不是那樣，才不是什麼儘管看也沒差，只是彼此都不要介意的意思……！」

「是啊，我們知道啦。」

「我也不是想要逼迫人家接受的意思……不，最後結果或許是這樣沒錯，可是……！」

「是啊～啊！起司好好吃～」

「那位貴族小哥的說法，怎麼好像我在性騷擾人家一樣，也太……！」

新手冒險者遮著臉，羞恥得拚命辯解。

另外三人一面適度安慰她，一面品嘗美味的葡萄酒。只是換個衣服，又沒做什麼壞事，不過對她們來說也一樣，假如不熟識的男性說「反正我不介意」就在同個房間換起衣服來，她們也會覺得這人有問題。喝醉酒脫到剩條內褲的男人她們早就見多了，但那是兩回事。性別顛倒過來也是同樣的道理吧。

沒有必要捨棄自己的女性特質，也不是要求她成為一個被盯著看也無所謂的人。只要在那些再怎麼煩惱也沒用的部分折衷妥協，找到契合自己的隊友就可以了。

「啊，不過貴族小哥的那種待遇我還是很可以理解～」

小斧手忽然開口說道。

「妳是指？」

「像是搭馬車之類的時候呀～那些男人也不會特別顧慮我們不是嗎？」

「倒不如說我的弓碰到他們，還會被說『欸妳的××頂到我啦』，拜託我下面沒長好嗎。」

「沒錯沒錯。可是只要身體稍微碰到貴族小哥，他們就會馬上說『啊，不好意思』，突然變得很有禮貌～」

雖然沒被當成女人，但在截然不同的方向上，冒險者們對利瑟爾確實是百般顧慮。

正在討論下一次委託的劫爾和伊雷文，聽見這段對話也忍不住感到贊同。確實如此，利瑟爾就算步伐稍微不穩、撞到其他冒險者，也不會被他們破口大罵。即使張口罵了，也會變成：「喂你推屁推——呃、是你喔……小心點啊……」

「不過，這種心情我也算理解。之前我搭馬車的時候，也遇過貴族小哥剛好站在我眼前。他沒注意到我，但馬車晃得特別大力的時候，我也把兩隻手撐在牆壁上，以免壓到他。」

「公會的馬車，如果能再平穩一點就好了呢。」

「……我一開始還暈車了。」新手說。

「就是說呀～結果呢，後來妳一直保持那個姿勢嗎？」

「沒有。他跟我道謝，還說不好意思沒注意到，就把靠牆的位置讓給我了，之後還一直不著痕跡地保護我。」

「咦?!」

「哇，真好真好～！」

勉強從羞恥中復活的新手冒險者和小斧手的眼睛都亮了起來。

利瑟爾這麼有貴族氣質，就像從故事裡走出來的王子一樣。暫且不論是否符合喜好，她們都能輕易想像這引人無限憧憬的情境。只能說太適合他了。

她們從來沒想過要男人體貼她們，但是說到被這麼對待開不開心，那當然是開心得要死，她們都覺得自己一定會樂得得意忘形。

「其他男人都不懂女人心呀～我說的不是戀愛之類的方面～」

「嗯，我懂。妝稍微化濃一點，他們就說『妳是心情很好嗎？』我們才不是為了把妝化好而努力，是為了給自己努力的勇氣才化妝的。」

「是呀，我家女兒在餐廚工作，但也都會好好化妝。她說這是邊化妝邊醞釀工作的動力，早上化完才出家門。」

「我懂～妝都化好就會覺得現在只能出門了～」

「就像戰鬥妝一樣。」

只有新手冒險者悄悄把麥酒端到嘴邊，遮住素顏的臉。

察覺她的反應，另外三人毫不介意地笑了，一個接一個拍著她的肩膀說「別在意、別在意」。可能是酒意漸漸上來了，她們拍得好大力。

不愧是身經百戰的冒險者，新手急忙把差點潑出去的麥酒放到桌上。

「還是素顏最好啊～」

「化妝花錢又花時間，不需要的話不化也沒差。」

「當然這只是說化妝不是必須，並不是在否定化妝喔。要是哪天感興趣了，就好好享受它的樂趣吧。」

「好、好的！」
原來如此，新手冒險者點點頭。
原以為化妝是為了讓自己變美，但似乎不僅如此。
「不用特別做什麼就能維持動力，真的是夠年輕才有辦法呢，心靈上的年輕。」——新手冒險者望著這麼說的三人，察覺到了各種苦衷。
只不過，她想到一件事。不是自己化不化妝的問題，只是基於普遍論調的疑問。
「不過，男生比較喜歡化妝的女生吧？」
「咦～我聽他們說比較喜歡素顏耶。」
「他們的意思是喜歡素顏也一樣可愛的女生吧。」
「我想這要看個人喜好吧。」
原來是個人喜好，新手冒險者才剛領會過來。
這時候小斧手說了聲「好」，從座位上站起。第三次了。這次她端著烤鴨肉走向利瑟爾他們那桌，比起徵求男性意見，倒不如說只是單純在意利瑟爾他們的答案。
腳步帶點醉意，回過神來她們已經喝光了一整瓶葡萄酒。
「你們覺得化濃妝的女生怎麼樣～？」
面對另外三個女人觀望之下過來突襲的小斧手，利瑟爾他們照舊不以為意地回答。
「不要讓人萎掉都隨便。」
「只要是美女都沒差欸。」

「我會覺得對方一定是很有上進心的人呢。」
「謝謝你們～」
小斧手再次收回不出意外空了的小碟子，回到自己這一桌來。
順帶一提，她貢獻的小菜全都是伊雷文吃掉的。這一次帶來的是肉，劫爾可能也會吃吧。她不用帶伴手禮來，他們三人也會回答問題，不過既然人家都給了，他們會選擇毫不客氣地收下。
「一個人渣、再一個人渣，還有一個好像偏離了重點～」
「哎呀哎呀，男生沒有經過粉飾的真心話可能意外就是這種感覺呢。」
「那、那我想問，素顏和化妝比較的話……！」
「喔，新人妹妹很敢問喔～」
「自己去問問看如何？」
「那對我來說還太早了！絕對無法！」
「好哇，那前輩幫妳去問～」
女子們好像越玩越開心了，所有人都喝得有幾分醉意。
但也不至於到失去理性的程度，即使滴酒未沾，她們也會做出同樣的事。只有新手冒險者一個人稍微借酒壯了膽，她敢再次提問就是最好的證明。
小斧手走向吧檯，準備隨便點些伴手禮。
「我想吃有份量的東西——」

「好唷好唷～那就最便宜的菜，要大份的～」

根據伊雷文立刻提出的要求，她點了大盤香料飯。

小斧手拜託老闆將香料飯送到利瑟爾他們那桌，然後直接走到了三個男人的桌邊。這一次，利瑟爾他們停止了對話等她走過來，一人面帶苦笑、一人滿臉無奈，一人則已經把烤鴨肉吃個精光，還想著香料飯能不能快點送來。

「素顏和化妝你們會選哪一邊呢～？」

「和剛才一樣。」

「我選美女那一邊。」

「我會選擇當事人喜歡的那一邊。」

喔？小斧手低頭看向略微垂下眉梢的利瑟爾。

因為他說的不是「兩者都好看」，而是透露出當事人可以隨自己意願選擇化不化妝的意思。對此感到意外的並不只有她一個人，劫爾和伊雷文也同樣轉向利瑟爾。

「你的意思是，化不化妝都無所謂嗎～？」

「只想來挑人語病的話妳還是消失吧。」

「我不是那個意思啦，只是覺得有點不可思議而已～」

伊雷文的語氣不太客氣，不過小斧手並沒有退縮。

這不是她能挑釁的對手，即使對方主動挑釁她也無法招架，所以還是裝作沒事最好。伊雷文那句話也只是說笑而已，不是認真的威脅，身為中堅冒險者的她不至於被嚇跑。伊雷文自己也好奇利瑟爾會怎麼回答，於是乾脆地回去繼續吃東西去了，小斧手見狀在內心流著冷汗想，「好嚇人啊～」

不過她自然沒有把想法表現在臉上，利瑟爾見狀露出苦笑。

「畢竟除非從事相關職業，衣著打扮這種事都取決於當事人自己滿不滿意而已……要是對方為了配合我的喜好而勉強自己，結果心思都放在自己的打扮是否合適上面，我也會覺得很寂寞的。」

「喔～」

「與其這樣，還不如打扮成自己滿意的樣子，然後多想想我。」

看見他臉上的微笑，小斧手忽然一臉嚴肅。

劫爾和伊雷文不留情面地說著「喔，這很有隊長的風格」、「這傢伙表面上乍看謙虛，其實很傲慢啊」的期間，她也一直面無表情。利瑟爾知道這麼說很任性，因此也並未反駁劫爾他們。

小斧手就這樣神情肅穆地道謝，面無表情地和端來香料飯的老闆擦身而過，然後面無表情地回到女子聚會那桌。她喝光自己玻璃杯中恢復常溫的葡萄酒，只說出一個詞。

「優秀。」

像評論家一樣充滿分量的一句話。

「雖然邏輯太刁鑽比較難讓人心動，但感覺確實是一種最佳解答啊。」

「就是說呀～」

「他那樣說，就是自己也會多想想對方的意思吧?!」

「這種有點強硬的感覺很棒耶。」

結果演變成了非常有女子聚會感的對話。

新手冒險者也彷彿忘記了最近低落的心情，看起來興致高昂。在女冒險者們嘰嘰喳喳地聊得熱絡的同時，女職員注意到了新手冒險者的轉變，卻也沒多說什麼，發自內心享受著這個夜晚。

她是王都冒險者公會會長的妹妹，在婚後搬出家裡，又在因緣際會下來到公會任職。不過職場上的女性比例極端低下，還是讓她有點寂寞。

「嘴上說『我懂～』然後加入女人對話的男人裡面百分之九十九的人根本什麼都不懂，在這樣的世道裡貴族小哥居然能給出那種答案！他真的很瞭解那些外人無法體會的感受～！」

「畢竟很多事只有同性才會懂呀。」

「哎唷——為什麼女冒險者都不變多啊——」

「因為湊齊了又苦、又臭、又髒的三大缺點啊，也不是什麼正經工作。」

「要不是把領主的兒子打得滿地找牙，我應該也不會當上冒險者吧～」

「啊，我是把酗酒的父親揍了一頓，被斷絕關係了。」新手說。

「我是因為父親是冒險者。不過入行的時候也被他強烈反對，最後我們兩個吵到大打出手，我就離開家了。」

「對了，聽說女冒險者裡面，以家裡有哥哥或弟弟的人居多喔。」

「我家就是～」

「我家也是！」

她們的話題換了又換，總有聊不完的天。

酒一杯又一杯地點，小菜一口接一口地吃，到了利瑟爾他們要離開的時候又是道謝又是道歉地送了他們出門，然後又繼續喝酒吃飯。這樣的女子聚會，一直持續到女職員的哥哥來接她才進入尾聲。

後來在公會長的贊助之下，一群人結了帳才各自解散。

冒險者們踏著醉意蹣跚的腳步走回自己的旅店，就連她們之中的新手，也遠比公會長還要強大。今天就在公會留宿吧——女職員和哥哥一起目送她們離開，在星光下邁開腳步。

隔天，在冒險者公會裡，能看見新手冒險者精神飽滿地找人結伴同行的身影。

比起陰沉的人，更想跟開朗的人組隊才是人之常情。看見她積極和同為低階的冒險者們搭話，順利找到了同伴，某兩位冒險者和女職員都頻頻點頭。

她的煩惱，只能由她自己解決。雖然無法為她做些什麼，不過需要鼓勵的時候，她們隨時都在這裡為她加油打氣。

為午睡克服萬難的克莉絲汀

我的名字叫克莉絲汀，是女生。

在我還是小小奶貓的時候，來到了這個有小小奶娃的家庭，於是我有了個妹妹。

我肚子餓了咪咪叫的時候，小嬰兒也在旁邊餓得嗚嗚叫。到了我能跳上桌子的時候，學會用四隻腳走路的小嬰兒就在底下咿咿呀呀叫。

意想不到的是，這個妹妹後來居然開始用兩隻腳走路了。我這個姊姊都用四腳走路了，她不需要改用那麼不穩定的兩隻腳走路吧，搖搖晃晃的，看起來多危險。

妹妹開始發出跟爸爸媽媽一樣的叫聲，但沒有我陪在身邊還是不願意睡午覺。她反覆叫著我的名字，就算媽媽拍著她的肚子還是像毛毛蟲那樣扭來扭去，直到我窩在她的枕頭邊，才終於露出憨憨的笑臉。

她學媽媽那樣拍了拍我，但小小的手指偶爾會戳得我有點痛。我想叫她快點睡，於是用尾巴摸了摸她的脖子，她就哇哇地發出像狗一樣的叫聲，在床上滾來滾去。

她滾一滾就這樣趴在床上，還想說怎麼沒聲音，才發現她睡著了。

「謝謝妳呀，克莉絲汀。」

我也被媽媽摸了摸，打著呵欠揮揮尾巴作為回應。

今天一早開始就聽見雨聲。

雖然想跟妹妹一起睡午覺，但持續不斷的聲音讓我心浮氣躁，剛才還到處亂跑撞到媽媽的腳，而且總覺得毛怎麼理都理不整齊。說到這個，妹妹的理毛技術真的很遜。

我看向旁邊的妹妹，她露出肚子、伸著手腳，正沉睡在夢鄉裡。

啪嗒、啪嗒，我用尾巴拍了拍毛毯，邊站起身邊想著，不如趁現在幫她理毛好了。要是在清醒的時候，不愛理毛的妹妹老是馬上就逃跑了。

就從貼在額頭上的毛開始吧，我把鼻尖湊近，傳來汗水的氣味。我聞了聞，結果鬍鬚好像搔得她有點癢，她躺著亂揮了一陣手臂，人滾到旁邊去了。

沒辦法，改天再說吧。

伸展過發懶的身體，正打算回到枕頭上的時候——鬍鬚好像感受到一陣風，使我抬起臉。是雨的氣味。轉動豎起的耳朵，雨聲聽起來比平時更加響亮。

抬頭一看，一扇窗戶開著。

我又一次伸展背脊、伸展後腳，接著豎起尾巴，打算到那裡看看。櫥櫃我已經登上去過無數次，於是往那上面一跳，雨的氣味更強了。

雖然討厭弄濕身體，可是窗戶開著呢。

我沒來由地跑到外面，淋濕了毛、嚇了一跳，躲進旁邊的布篷馬車。

在我舔舐著潮濕毛髮的時候，一臉跩樣的馬旁若無人地邁開了步伐。

維持著兩腿開開的理毛姿勢，我看著那扇窗戶、和媽媽雙眼圓睜的臉逐漸離我遠去。

嚇到腿都軟了。

馬車一停，我立刻跳下車廂。

為了表示抗議，我故意從一臉踐樣的馬兒面前走過去，對著牠淋濕自豪鬃毛的模樣驕傲地抬起臉，搞得雨水差點流進我引以為傲的粉紅鼻子裡，才急忙甩甩頭，順便打了個噴嚏，衝進一旁洞開的門。

「咦、啊，有貓？」

對方好像從馬車主人手上接過了什麼東西。

棕色的毛、比爸爸更高大的身體，可能是媽媽跟妹妹說過的那種叫做熊的生物吧。雖然叫聲跟爸爸他們類似，但一定不會錯。

大熊睜圓眼睛，低頭看著我。然後他慌慌張張放下手上的東西，丟下拚命理毛的我，不知到哪裡去了。我之所以這麼悠哉，是因為媽媽說過熊喜歡吃蜂蜜，要是吃貓咪我早就跑了。

「用毛巾應該可以吧……」

在我舔舐肉球的時候，大熊拿著純白的毛巾回來了。

我在家被抓去洗過澡以後，也會用那個擦。洗澡雖然討厭，但被擦拭的感覺還不壞。

「可、可以擦嗎……？」

「吶——」

「啊，沒想到你的叫聲這麼帥氣。」

你對女生也太失禮了吧。

對方攤開毛巾蹲下，我隔著毛巾把頭往他手上蹭。

沒錯沒錯，就是這裡癢，濕答答的好不舒服。我用推開對方的力道把身體往毛巾上蹭了好幾次，自己擦乾水氣，大熊看了也開始動作笨拙地幫我擦拭。

往毛巾上一躺，大手就用過度溫柔的力道擦乾我身上的水。

「身上有項圈，是誰家的貓迷路了嗎……」

對啊，都是那匹馬害的。

「雨停了之後，你有辦法自己回家嗎？」

不確定耶，你也可以送我回家啊。

「等天空放晴，一起去找憲兵吧。」

大熊一邊像爸爸那樣說著話，一邊幫我把身體都擦乾淨了。

我開始整理凌亂的毛，好像可以在這裡待一下，不用急著離開。可是妹妹起床要是沒看到我，會一直叫我的，只有這點讓我有些擔心。

擔心歸擔心，但我討厭弄濕身體，還是等放晴再說吧。

「家裡有山羊奶，我幫你加熱吧……咦，可是人家好像都說貓舌怕燙……」

大熊喃喃自語著，走進房子深處。

我在屋裡繞了繞，這是間擺著很多架子和雜物的房子。擺滿東西的架子也難不倒我，尾巴弄倒東西都是幼貓時候的事了，我流暢地在縫隙之間穿行。

從一個架子跳到另一個架子。全都是混雜著各種氣味的東西，我不喜歡，於是往地面一跳。眼前有張桌子，剛好我有點坐立難安，爪子又有點癢。

所以我伸了伸懶腰，往桌子上抓了抓，這時後面有東西朝我靠近。

一回頭就看見一條蛇，我忍不住往後跳，一溜煙衝出開著一條縫的大門。

「久等了，我幫你熱到微溫……咦，牠出去了？」

我都不知道，原來我離開之後熊還會跟晃動的樹藤講話。

我被一群像狗一樣的傢伙追著跑。

「喂艾恩，牠往那邊去了！」

「跟我說有什麼用！」

好不容易弄乾的毛髮又淋濕了。

不久前我還喘著氣，在屋簷底下躲雨，結果像狗群一樣的四人組頭上披著布，像烏鴉那樣朝我追過來。

一跟他們對上眼，他們就大呼小叫，我嫌吵想離開，他們卻一直跟在後面。

「看牠那樣子一定是害怕啦，應該要更友善一點……」

「來來來，好乖好乖——」

不知怎地，他們突然停下來，發出老鼠一樣的叫聲。

爸爸也常這樣叫，看來他們不是討厭的傢伙。微微擺動的指尖讓我在意，於是我

踮著腳嘗試靠近，聽見「好可愛喔」這種常見的人類叫聲。

「好乖好乖，就是這樣，過來過來——」

「喔，感覺可以喔！」

「噓，閉嘴啦。」

距離對方伸出的手還有一點距離。

在我停下動作的時候，原本只伸出一隻指頭的手緩緩張開。

「好耶，我要抱囉——」

忽然接近的手嚇了我一跳，我伸著爪子狠狠一拍，然後立刻逃跑。

果然像狗的傢伙根本不能信任。

「好痛！」

「你太早伸手抱牠了啦！」

「你也看一下臉色吧！貓的臉色！」

「我不會啊！我又沒養過！」

又一次展開追逐大戰。

後來我爬上屋頂，覺得他們追不過來而放鬆警戒，結果被他們爬上來抓住了。

在那之後，我又被帶進一間屋子，遇到跟媽媽有點像的人，還有一個比我妹妹大一點，但還是小小的人。她們比起那群狗一樣的傢伙更穩重，我乖乖地不亂跑，就被柔軟的毛巾包了起來。

可是，我沒想到居然會被抓去洗澡。
身體有點冷，沖溫水還是很舒服的。溫柔的手替我搓洗，沖水的時候也慢慢的，像妹妹的那個小人還發出像在鼓勵我的叫聲。
但那是兩回事，我還是討厭被弄濕，所以——
「跑掉了！貓咪！」
聽到小人的叫聲，像狗的那些傢伙也一窩蜂衝了出來。
我四處逃竄，閃過他們，還踩在他們頭上，從一個沉穩但遲緩的人，和一個像蛇一樣恐怖的人之間跑過去，跳出窗戶，聽見好幾道吵鬧的叫聲。
但那才不干我的事。
放晴之前，就在這附近悠哉晃晃吧。
雖然剛恢復溫暖的身體還是濕的，我仍然避開雨水，打算沿著屋簷底下走。這時候……
「……」
有個黑色的人，從嘴巴吐出煙來。
我是貓，所以擅長找到放鬆休息的地方；這個黑色的人，似乎就散發著那種感覺，那種莫名吸引貓咪的感覺。
我把額頭按在他膝蓋上，身體也蹭過去，一隻手掌伸過來牢牢按住我的身體。
「毛會黏到我身上。」

「吶——」
「叫聲真不可愛。」
你對女生也太失禮了吧。
黑色的人在遠處捻熄了冒煙的棒子，嘆了口氣，拎著後頸把我抓起來。我已經長大了，不要這樣抓好嗎——感覺到腳要離開地面，我掙扎了一陣，那個人才隨便托住我的屁股。
就不能更小心點嗎？去學學我媽媽的抱法啦。
「喂，這傢伙跑來蹭我了。」
一被送回屋內，那些像狗一樣的傢伙就發出了遠吠。
在那之後，我又被洗了一次，然後擦乾身體。
像狗的傢伙們注意著不讓我淋濕，帶著我在雨中行走，來到另一棟屋子。我被交給打扮得一模一樣的人，一個是像擺飾一樣不會對著我叫「好可愛」的人，另一人則像是只會一直對著我叫「好可愛」的擺飾。像狗的那些傢伙好像離開了。
「喂史塔德，你看，貓咪耶，是貓咪！」
「我看也知道。」
「好可愛喔～」
「我只知道你的聲音比平常更噁心了。」

這就是逗貓的聲音吧。

發出奇怪高音叫聲的人，替我拿來一個墊著毛毯的籠子。我也累了，雖然有點侷促不安，還是在聞過好多次味道之後在籠子裡窩成一團。

又傳來奇怪的高音叫聲，有點吵，麻煩安靜一點好嗎。

後來我稍微睡了一下，醒來的時候忽然豎起耳朵，抬起臉，目不轉睛地看著門。

熟悉的聲音傳入耳中，而且越來越近。

「喔，他們來接妳囉。」

把我放在旁邊，一直叫著「好可愛」的傢伙摸了摸我的頭。

門一打開，整張臉皺成一團的妹妹衝了進來。她抓著媽媽的手用力拉著她往前走，一直嗚嗚哇哇地叫，水從她眼睛裡流出來。

真拿她沒辦法，我跳下籠子。

妹妹看到我，邁著笨拙的步伐跑過來。披在頭上的布都濕透了，她就這樣緊緊抱住我，再一次弄濕了我好不容易乾燥的毛髮。為什麼我一起床妳就不見了——她為了這種莫名其妙的事情對我生氣，不過我是姊姊嘛，所以沒有發火，還幫她理了理額頭上的毛。

在這之後，妹妹成天跟在我後面跑的日子持續了一段時間。

話說回來，我家好像在那些叫做「冒險者」的傢伙常常經過的路上。

放晴的日子，我在家門口階梯上睡午覺的時候，偶爾會有冒險者親暱地對著我叫。

「妳好呀，克莉絲汀。」

沉穩的遲緩人類，總是會停下腳步跟我請安。

我睡著的時候他會直接走過，但清醒時常常摸摸我再走。最近他摸得越來越熟練了，「遲緩」這個評語或許可以撤銷吧。

「隊長，你又在摸牠喔。」

像蛇一樣恐怖的人，和沉穩人類走在一起的時候總會跟著停下腳步。

這傢伙很任性，就算我不想跟他玩也不管。他看到我因為警戒而下意識豎直的鬍鬚經常伸手來拉，所以現在我都用貓拳跟他保持距離，這樣沉穩人類看到就會阻止他。

雖然由我來說也有點那個，但被貓說任性的人真的很有問題吧。

「喂，走了。」

黑色的人完全不會跟我玩。

他跟像蛇的人一樣，和沉穩人類走在一起的時候會停下腳步，不過頂多只會瞥我一眼。有一次我往他黑色的腳蹭了蹭，黑色的人雖然一臉不高興，還是站在原地動也不動，被沉穩人類笑了。

我全身都是純白的，他可能不喜歡毛沾上去太明顯吧。

「喔，這不是克莉絲汀嗎！」

「不要再迷路了喔——」

「妳胖了嗎？」

「毛是不是變多啦？」

你們對女生也太失禮了吧。

像狗的傢伙們總是很吵，所有人七嘴八舌地圍住我亂摸一通，我都跳上屋頂裝作不認識。不管過了多久還是迷路、迷路地叫，有什麼問題啊。

好像是這些傢伙把我送回家的，所以我才沒有抓他們的臉，不過他們也差不多該學學怎麼對待女生了吧。

每次只要單獨見到他們，這些傢伙總是囉哩囉嗦地跟我說自己又被那個女生拒絕、跟這個女生說不定還有戲，喋喋不休地吵死我了。不要成天對著我吠，好好去追那些女生不就好了嘛，結果他們總是吠完就一臉神清氣爽地走開了，真是沒救。

我只對唯一的妹妹好，才沒那個閒工夫照顧你們。

「克莉絲汀，妳在哪裡——？」

「毛——」

「我們來睡午覺！」

你看吧。

別看我這樣，我這個姊姊可是很忙的。

舞會內幕與內幕背後的內幕

主辦一場活動，總是伴隨著責任。

某公爵將此銘記於心，又與一位賓客打過了招呼。

不過這次的舞會沒那麼拘謹，只是招待一些平日受到關照、有交情的親朋好友，不必那麼繃緊神經。

「父親大人，那兩位似乎沒有來呢。」

趁著沒有賓客來打招呼的時候，一個兒子這麼開口。

這是他的長子，即使撇除父母親偏袒的眼光來看，也算是相當優秀的人才，可惜美中不足的是他容易動情。或許是被從前介紹給他的美麗獸人雙子奪去了心思，每次一有這樣的機會他總會來探問。那是你招惹不起的對象、她們根本沒把你放在心上——同為男人，這種話實在很難開口。

「以她們的個性，也可能不出席吧。」

「這樣啊……」

「別對我招待的賓客做出什麼失禮的舉動啊。」

初次見面的時候，這長子曾經跟她們搭訕而遭到冷眼相待。

或許當事人也知道自己沒給對方留下什麼好印象，只見他神情苦澀地點點頭。要不是有這些過節，還能向她們介紹這值得自豪的兒子呢。

前來問候的賓客川流不息。

在與時常光顧的一間餐廳的老闆夫婦交談時，玄關的方向似乎特別嘈雜。老闆夫婦也注意到了，打完招呼後一邊看著那個方向，一邊讓出空間給下一位賓客。

趁著這個空檔，公爵自己也悄悄看向玄關。原來如此，以她們的美貌，吸引十幾二十道目光也並非難事。

夜晚與她們相襯，而像現在這棟宅邸這樣，浮現在夜色中富麗堂皇的箱庭也同樣適合她們。兩人臉上的笑容艷麗奪目，看起來相當愉快，這一定與她們身後始料未及的舞伴有關。

「哎呀，妳們來了。」

看見她們走上前，公爵如此開口。

同時，也對今天全場最受矚目的她們所帶來的搭檔說：

「妳們自己帶了很完美的舞伴過來。」

獸人雙子噘著嘴，說那兩人不願意和她們跳舞。

公爵至今從未當面見過他們，不過大致上猜得到是誰。一個男人是彷彿鍛鍊到極致的騎士，光是站在他面前，就足以讓膽小的人畏縮膽怯。另一個男人氣質高貴，若不是與那名騎士站在一起，絕對沒有人會懷疑他不在招待賓客之列，反而會因為不認識這是哪位貴人而急忙找人確認。

再加上他們本人自稱是冒險者，公爵有了十拿九穩的把握。

「兩位是先前平定大侵襲的一大功臣，晚點請務必讓我聽聽你們的事蹟。」

他心懷確信這麼說，對方沒有打迷糊仗，也並未否認。

或許認為這只是社交辭令，對方回以一些慣用句型。對方這麼理解確實也是理所當然，雖然面對面談話時容易忘記，但這畢竟是爵位持有者與冒險者之間的對話。

但這些並不是客套話，對方究竟有沒有注意到呢？

舞會之後，不知不覺過了幾天。

到了現在，我才覺得他們想必早已注意到了。

「在想事情嗎，公爵閣下？」

「是我們也能聽的事情嗎？」

我撥出時間造訪娼館，一面接受貓雙子的招待一面思考。

我會在想要獨處的時候來到這裡——這麼說或許有語病吧。不過即使在自己的宅邸裡，我也無法從公爵的地位獲得解放，也可以說只是坐在「統管宅邸」的職位上罷了。

換言之，這是我享受自由時間的地方，用孩童們的說法，就是我的「祕密基地」。

託這裡的福，思考也多有突破。看我坐在沙發上，靜靜傾著玻璃杯，也不知是怎麼察覺我的思緒告一段落，她們坐在旁邊托著臉頰，看著這裡緩緩張開艷紅的嘴唇提問。

和緩的節奏、細語般的聲調，聽來十分悅耳。

「嗯，是啊。」

我把身體靠上沙發椅背。

「內人很好奇妳們的耳環是哪裡買的。」

「她還是一樣這麼可愛。」

「還想再跟她喝下午茶。」

銀鈴般的笑聲輕輕響起。

內人總是正大光明地說自己是這對雙子的崇拜者，每次都帶著羨慕的眼光目送我來到這裡。從訂下婚約時就覺得她是位奇特的女性，不過她幾時跟雙子變成一起開茶會的交情了？

我不禁苦笑。我又不會從中作梗，告訴我也沒關係吧。

「那種款式的耳環不適合她呢。」

「我們再替她找一款更適合的。」

「她會很開心的。」

想像妻子感激涕零的模樣，我不禁微笑，同時察覺那兩雙異色的眼眸目不轉睛地凝視著我。

不明白其中的意圖，又怎麼能在貴族社會生存下來。那兩雙眼睛不催促也不期待，只是靜靜凝視，我確信她們看穿了一切。真傷腦筋，我邊想邊品了一會兒酒才開口。

「妳們在舞會上玩得還開心嗎？」

「當然，非常開心。」

「我們很喜歡跳舞。」

看見她們偏著頭微笑，我想起那一晚。

「公爵，在下有事想向您稟報。」

原以為不會再有機會對話的人物，竟主動來找我攀談。

冒險者跟公爵搭話，本來會引起一陣錯愕的騷動；但那位冒險者實在太有貴族架式，使人錯覺站在身後的黑衣冒險者是他的護衛。

他們是雙子的舞伴，剛才苦笑著說要是她們不樂意就不多聊的模樣不像說謊。此刻他們卻主動攀談，再加上刻意壓低的音量，我察覺事情並不單純。

「我知道了，到會客室談吧。」

「謝謝您。」

我面不改色地爽朗回答，對方也平穩回應。

管弦樂聲充盈了整間大廳，舞池裡滿是歡快跳舞的人群。只要保持著商務談話的氣氛離場，不會受到太多矚目。

貴族氣質的冒險者把面色略顯不悅的黑衣男留在大廳，與我一同離開會場。

會聽到什麼呢？我邊想邊抵達會客室，對方說出了飲料中摻雜某種藥物的消息。

也不能怪我忍不住嘆了口氣，地位上我不可能說自己從來不曾招致怨恨，但絕對不至於活該遭人毀掉整個家族的名譽。

幸虧及早獲報這個消息，我向對方道謝。

值得慶幸的是，對方已經找出了主嫌，對方所指出的那些特徵我確實有印象，自然也能猜到犯人的動機。回想起來，多半是一些出於好意的行為反而惹來他的怨恨吧。只要抓住主嫌，逼他說出飲料中摻了什麼，應該就能在背地裡處理掉整件事。

我這麼想著，看向那位想必也希望我這麼做的、酷似貴族的冒險者。他看起來不像是想賣我一次人情，也沒想過藉此要求獎賞——這樣的人把這個消息告訴我，只有一個理由。

「交給我吧，比起取悅那兩位，這可輕鬆太多了。」

「那就拜託您了。」

他們一定是出於什麼原因，不希望破壞那對雙子的心情吧。

這點倒是讓我很有共鳴，我對著兩側向上望著我的異色眼瞳開口。

「關於舞會那一晚，來當妳們舞伴的那兩位……」

「嗯？」

「如果我說想正式向他們致謝，妳們能不能製造一些機會？」

「哎呀。」

她們靈巧地反弓著背，兩張美麗的臉孔面面相覷，臉上浮現出笑容。

從她們對視的神態讀不出任何情緒。纖長的睫毛在眨眼時顫動，勻稱的指甲上綴著紅色彩繪，光潤的漆黑毛髮包覆著貓耳，上頭的黃金墜飾隨動作搖曳，所有細節看起來都不像是這個問句惹了她們不開心的樣子。

「那可不行喲。」

「不能答應喲。」

「那可是我們的舞伴呢，那一天也只為了我們而行動。」

「橫刀奪愛這麼沒有節操的行為不可以喲，公爵閣下。」

兩雙眼瞳揶揄似的彎成笑弧。

這並非真心責備，只是以戲謔的方式暗示她們不可能幫忙罷了。

不過這多半也是她們的真心話，而且她們也沒說錯。那兩位冒險者並未要求回報，就讓這件事在此落幕或許是最圓滿的結局。

一旦有了爵位，無論做什麼都會被人懷疑別有居心，但我找那些冒險者談話，真的只是想道謝而已。我已經掌握到他們投宿在哪間旅店，還是致贈禮品表達謝意就好。

「啊，我還有一件事想問。」

「什麼事呀？」

「可以問喲。」

沒錯，這整件事落幕得太快了。

意圖破壞舞會的無禮之徒所採用的藥物，以及作為發動器的魔道具——當我掌握到這些東西的流通管道，它們卻全都憑空蒸發了。

「關於舞會之後蒸發的那個商會，妳們知不知道……」

「不知道。」

這下搞砸了，我尷尬地傾了傾玻璃杯。

看來這件事牽扯到她們相當厭惡的人物，破壞了陰晴不定的心情。她們彷彿失去興趣似的抬起下顎，黑色的美麗尾巴擺動了一下，便以流暢優美的動作起身，離開房間。

她們今天的心情大概不會好轉了，希望我不會被妻子訓話。

「打擾了。」

從兩人離開的門口，取而代之現身的是娼館主人。

那人恭恭敬敬地說著一些徒具形式的套語致歉，我習以為常地抬起一隻手回應。

時間倒回到舞會隔天的深夜。

伊雷文人在地下商店區一角，月光也照不進的巷弄裡。

他坐在釘子外凸的木箱上，漫不經心地看著眼前的牆壁，不知何處傳來流鶯拉客的聲音。成交啦，恭喜恭喜──他在心裡這麼念著打發時間，但還是閒得不得了。

落到眼睛上的瀏海太煩人，他微微皺眉，甩了甩頭。

「久等啦。」

三人份的鞋尖進入視野。

「太慢了。」

「已經超──級快啦，這可是全都結束了耶！」

男人哈哈笑著這麼說道，把雙手拿著的木箱往地面一扔。

那木箱是一格抽屜，看來是從櫃子上整個抽出來的。抽屜在地面上彈跳，壞掉的側板發出喀啦喀啦的聲音脫落，幾個瓶子和小型魔道具從內部飛散出來。

「他們好像把這東西叫做『玩偶藥』，大概有二十個抽屜那麼多。」

「然後？」

「剩下的那些傢伙正在處理。」

伊雷文低頭看向腳邊破碎的瓶子。

從瓶中撒出來的白粉，沾污了他所坐的木箱側面。

這種藥物在攝取之後循環全身，擾亂人們體內的魔力流動。這時施加特定的魔力，即可讓攝取藥物的人陷入昏睡狀態。

「賣、賣、賣這種藥的商會，可、可以直接、毀掉對吧……」

「不然留著它要幹嘛啊。」

「說、說得也是，對不、對不起，我、啊哈、哈哈，頭、頭腦，比較笨……」

男人帶有自然鬈的頭髮在側邊紮成馬尾，他眼神混濁，邊說邊吊起嘴角。

這彷彿肌肉抽搐的表情看起來一點也不像笑臉，然而在場沒有任何人在乎。齊瀏海的男人事不關己地發出吵鬧的笑聲，蹲下身來拿起滾落地面的瓶子，搖晃著裡頭的內容物把玩。

「還有幾個人去了商會那邊——聽說販子也全都幹掉啦——」

「而且那個把藥拿給某貴族的傢伙，一開始就被首領幹掉了嘛。」

「剩、剩、剩下的藥，只有這些，銷毀之後就結、結束了？」

伊雷文忽然指向笑個沒完的男人手上的瓶子。

「就用那個吧。」

「咦，什、什麼？」

「你們不是想看嗎？看人路倒。」

「我是很想看啦──」

齊瀏海的男人說完捧腹大笑，把手中的瓶子拋向站在身邊的男人。

接住瓶子的是雙眼藏在瀏海底下的男人。他瞥了瓶子一眼，拔開軟木塞聞了聞。

「居然是我喔。」

「拜託嘛──這傢伙路倒，大家都不知道看過幾次了。」

「這、這、這也不是我願意的，為什麼要、要說這麼過、過分的話……」

就是因為他總是這樣突然暴走，才會被大家打昏。

側邊馬尾的男人並不知道這點，只是繼續碎念著道歉和找藉口的語句。看他勉強還沒有失去理性，可能是真的很想見證那種藥物的效果吧。瀏海遮住雙眼的男人這麼想著，把高舉在面前的瓶子顛倒過來。

「唔、咳……」

「啊哈哈哈，你是白痴嗎！」

大量的粉末倒進嘴巴，男人毫不意外地嗆到了。

他聽著眾人的爆笑聲咀嚼藥粉，一點一點吞下。嘴巴裡太乾了，得努力把黏在上顎和舌頭背面的藥粉吞進胃裡，才總算有辦法開口說話。他舔了舔沾著白粉的嘴唇，把空瓶扔到一邊。

「然後要活動身體對吧？」

「是啊。」

「嘻、嘻……要怎麼動？你要去旁邊跳一跳嗎？」

「啊……」

聽見笑到橫膈膜抽搐的男人這麼說，遮著雙眼的男人慢吞吞地環顧四周。也不曉得找到了什麼，他一邊抬手拍掉脖子周遭的藥粉，一邊邁開腳步。

「那我去去就回。」

「去哪？你要幹嘛？」

眼見男人這麼說完就要離開，齊瀏海的男人帶著看熱鬧的態度跟了過去。

遮住雙眼的男人就這麼消失在巷弄間阻擋行人的布幕另一邊。齊瀏海男從布料縫隙間探出臉去看，過了幾秒立刻大聲爆笑，折返回來。

「那傢伙跑去找女人睡啦——!!」

「咦……呃，咦？」

「真假？他全身都是粉，人家不會生氣喔？」

「肩膀白得要命還敢去，真的笑死我，那傢伙要變成傳說啦！」

「噗呼……呵、呵呵……」

巷弄裡只留下兩人份的爆笑，和一人份的竊笑聲。

幾個人就這樣隨口閒聊，等了快十分鐘，從布幕另一邊回來的，是渾身散發出做完一件大事的氛圍，長瀏海底下帶著一抹淡然微笑的男人。看見他刻意散發出那種「我完成工作回來了」的氛圍，爆笑聲再次響遍整條巷子。

「講真的你不要這樣啦，太好笑了！」

「也太早回來了，笑死我。」

「結束的瞬間對方還『蛤？』地生我的氣呢。」

「唔噗……！」

側馬尾的男人用遮蓋雙手的長袖子遮住嘴巴，面朝著牆壁，憋笑憋到整個背部都在顫抖。這傢伙的笑點原來在這？先不論實際見面的時間，三人也認識他一段時間了，卻是第一次知道。

倒不如說，這甚至是第一次看他真正笑出來，雖然他們對此也沒什麼感慨就是了。

瀏海遮住雙眼的男人也嘿嘿傻笑，把拇指伸到瀏海下，抹掉沾在眼睛周遭的藥粉。

「可以輕鬆加快心跳頻率，還不錯吧。」

「你腦子有問題。」

「話說回來啊——聽說那個什麼都吃的傢伙還是處男耶，真的假的？！」

伊雷文彎下身，從摔壞的抽屜中拿起魔道具。

「這個嘛，畢竟那傢伙面對人類，只會湧現食欲——」

嗡——空氣一陣波動，異樣感只持續了一瞬間。

輕微到令人誤以為只是有一陣風吹過，遮住雙眼的男人說到一半的話卻硬生生中斷。他整個人失去力氣，就這麼毫無緩衝地倒向地面，頭部撞上地面時稍微彈起。

「喔，效果比想像中更即時欸。」

「首領，他這是死了嗎？」

「我哪知道。」

伊雷文厭倦似的跳下木箱，邁開步伐。

齊瀏海的男人拍手大笑，跟著他離開，留在原地的只有倒在地面動也不動的男人，以及到現在仍然被戳中笑穴而顫抖的側馬尾男。

關於後者，只要不跟他對話幾乎就不會暴走，至少可能性不高，沒出什麼事的話，不至於隔天早上發現另一人只剩屍體被釘在牆上。

「話說一刀也吃了那種藥，魔力攻擊對他會不會有效啊？」

「哪可能有什麼效，那種怪物。」

「也、是、吼！」

類似吼叫的大笑聲在巷內迴盪。

那之後過了一陣子，在某公爵造訪娼館更之後的事。

委託回程的路上，伊雷文想著肚子餓了，邊走邊探頭看著幾間路邊攤。時間已是傍晚，食材無法放到明天，不少路邊攤都降價促銷。也是因為這樣，他到喜歡的攤子上露臉時，受到老闆們熱烈的歡迎。

那些看到他在大白天過來，就無奈地說「別把我們家東西吃光」的店主們，現在也一個個笑容可掬地要他「別客氣儘管吃」，開個賺不到多少錢的價位就什麼都讓他帶走，只求不虧本。

「（就算只是看見幻覺，肚子還是會餓啊。）」

他抱著戰利品邊走邊吃，在心裡這麼想。

今天的委託有點奇特——雖然利瑟爾接的委託常常都滿奇特的，不過這一次是目標魔物本身就相當特別。先前在「最惡質迷宮」也看過幻覺，但這次看見的又是不同系統的幻象。

最後只是開心玩了一場而已，比起那座迷宮好多了。

畢竟這次的幻覺不會與其他人共享。伊雷文在幻覺中以紙牌遊戲大勝利瑟爾，雖然不知道有沒有受到望主狼承認，還是平安無事從幻象中清醒過來。

和利瑟爾比預測能力他沒有勝算，不過單純比運氣的話，抽卡運比較好的那一方就能勝出。伊雷文賭技精湛，跟人比作弊輕鬆簡單，不過談到牌運也是一等一的好運。

「（因為隊長明明貴人運那麼好，牌運卻普普通通嘛。）」

他心情愉快地這麼想道，大口咬下手中的肉塊。

「先前銷毀的玩偶藥被帶進來了。」

「啊？」

有人從身後向他搭話。

他出聲並不是因為對方突然出現而感到驚訝。已經解決的舊事又被翻出來重提，這樣的不快感使得伊雷文的心情一口氣變差。他並未放慢腳步，吞下嘴裡那口肉之後又咬下一大口。

「是今天早上的事。不過目前看起來只有王都在生產，應該是外面賣剩的貨。」

「銷毀它。」

「知道了。」

走在他斜後方的人順著人流逐漸遠離。

難得的好心情都毀了，伊雷文加快進食速度。那種藥流出王都也無所謂，反正只要對利瑟爾沒有危害就好，他也知道利瑟爾沒要求他做到那種地步。

「（去找隊長吧。）」

陰沉的心情逐漸好轉。

偶爾做做好事也不壞，他邊想邊變更了目的地。原本沒多想，不過把這些事告訴利瑟爾，隊長一定會誇獎他吧，拿得到的獎賞當然全拿最好。

伊雷文踏著輕快的腳步，走向有利瑟爾等待的旅店。

後記

在這一集第一次明講，其實休假世界並沒有神明。

雖然有著信徒和信仰這些概念，卻沒有神，休假世界就是這麼不可思議；不過對於生活在這個世界的人們而言，這都是理所當然。我非常喜歡這種感覺。

比起設定是否合乎條理，更在乎自己的喜好——我是不拘小節的作者岬，受各位關照了。

這麼說來，以前我曾經在讀者來信中讀到「好像這部作品要去到很遠的地方」這樣的話。

從網路連載到出書……雖然「成為小說家吧」的網路連載一向才是我的根據地，但我還是很能理解！無論是這位讀者想表達的意思，還是這樣的心情，我都很能體會。每一次看見喜歡的作品越來越受大眾歡迎，我都會產生同樣的感受，而且會因此感到自我厭惡……

可是，在我自己也像這樣把書籍版的《休假。》系列呈現在讀者面前之後，我發現一件事：其實什麼也沒變！從前的我，就像自己在街頭搭配喜歡的節奏瘋狂跳舞一樣，和我節奏感相近的各位讀者路過，也跟著一起瘋狂跳舞。TO-BOOKS出版社看了就為我們搭建舞臺，還裝飾得有模有樣——就是這樣的感覺。所以我什麼也沒變，還是一樣在大家身邊瘋狂跳舞！

因為真的什麼也沒變、我也沒什麼自覺的關係，收到樣書也送不出去（沒有朋友看這種小說），對自己的簽名還是沒什麼自信（所以才配上小故事帶給讀者賺到的感覺），而且身邊根本沒有人知道我在寫小說（只有家人知情）。即使是這樣的我，往後還是想像現在這樣，隨心所欲地瘋狂跳下去。

希望各位能陪著這樣的《休假。》系列一起繼續走下去！

這一集也受到了各方協助，才有辦法順利把書籍呈現在各位眼前。

謝謝さんど老師，把各式各樣的利瑟爾他們用最棒的模樣呈現給各位讀者，每一集封面的色調氣氛都不一樣是我很喜歡的一點。謝謝我的編輯，這次還讓我有這份榮幸看到她精采的舞臺表演。謝謝TO-BOOKS出版社，總是勇於挑戰我一個人絕對不敢嘗試的領域。最後，謝謝翻開這本書的你。

感謝你一直陪伴著利瑟爾他們，接下各式各樣的委託！

二〇二一年十二月　岬

國家圖書館出版品預行編目資料

優雅貴族的休假指南。14/岬著；簡捷譯. --
初版. -- 臺北市：皇冠, 2023.09- 冊；　公分. --
(皇冠叢書第5119種)(YA!；74)
譯自：穏やか貴族の休暇のすすめ。14

ISBN 978-957-33-4070-6(平裝)

861.57　　　　　　112013527

皇冠叢書第5119種
YA！074

優雅貴族的休假指南。14

穏やか貴族の休暇のすすめ。14

作　　者—岬
譯　　者—簡　捷
發 行 人—平　雲
出版發行—皇冠文化出版有限公司
台北市敦化北路120巷50號
電話◎02-27168888
郵撥帳號◎15261516號
皇冠出版社(香港)有限公司
香港銅鑼灣道180號百樂商業中心
19字樓1903室
電話◎2529-1778　傳真◎2527-0904
總 編 輯—許婷婷
責任編輯—黃馨毅
美術設計—單　宇
行銷企劃—蕭采芹
著作完成日期—2021年
初版一刷日期—2023年9月

讀者服務傳真專線◎02-27150507
電腦編號◎515074
ISBN◎978-957-33-4070-6
Printed in Taiwan
本書定價◎新台幣360元/港幣120元